# K先生への手紙

*Fukumoto Nobuko*

福本信子

編集工房ノア

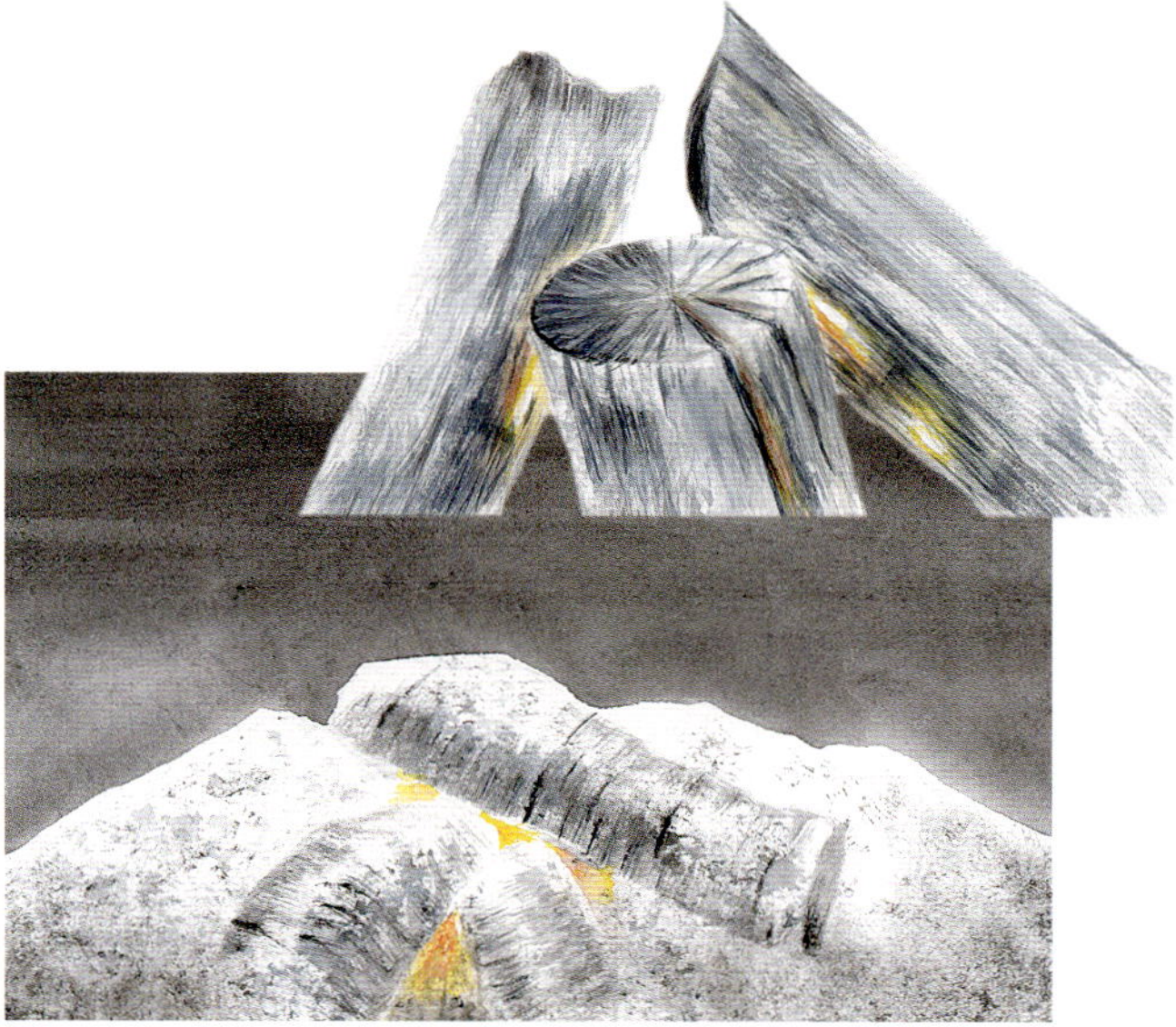

もえつきる炎

# 『K先生への手紙』　目次

カバー装幀写真　岡本好太郎
扉挿画　山中三絵子
装幀　森本　良成

# K先生への手紙

はじめまして、K先生が選者をされていたK新聞の文芸欄の応募者であったという意外、いちどもお会いしたこともない私が、厚かましく、突然、宇宙の先生の邸宅まで、便りをさせていただく失礼をお許し下さい。

先生が亡くなられてから、もう、何年になるのでしょう。私が先生の没後十年記念集会に友人から誘われて、平成八年の春に参加させていただいてから、もうかれこれ五年が過ぎましたから、今からすでに十四、五年前に亡くなられているのですね。

没後十年記念集会が催される「大阪文学学校」は、これまでに新聞などで目にしていましたから、学校の存在は知っていました。その上、集会に誘った友人は、その学校の卒業生だったのです。

彼女はその学校で、「現代詩」を学んだと言っていました。ときどき、その学校の思い出を語って聞かせてくれましたから、学校の様子はおおまか、頭の中に入っていました。

優しい友人は、ずっと以前から私がK先生を尊敬していたことを知っていて、私に記念集会参加を呼びかけたのです。

姫路市に住む私は、加西市に住むその友人とJR加古川駅で待ち合わせて、「大阪文学学校」へ向かいました。その日は三月も中旬でしたのに、友を待って立ったホームは、北部の田畑を渡って来る風が冷たく、肌に刺し込んできました。

友人は卒業以来の学校への訪問で、感慨無量の思いだったことでしょう。到着した大阪駅で、各人が思い思いのファションに身を包み、誰一人として同じ思いのない、何千何万と小魚の群に似て、黙々と行き交う雑踏の中を、彼女は少し太り気味の体もなんのその、すいすいと歩んで、まごまごしている私を地下鉄の谷町線へ案内して行くのです。

谷町線六丁目駅四番出口。まるで住所の宛名のような駅を下車して三分ばかり歩くと、もう目的地の学校に到着しました。友が案内したその学校はかなり古いビルでした。

しかし、私が昭和の年号が終わろうとした前年に、「神戸市民の学校」で詩の勉強をするために初めて登校した日の驚き。たった一部屋だけの学校の教室は、小さくて、薄暗くて、狭くて、とても憧れて入学した学校とは考えられない情景でした。

神戸のその文学学校は入学して学んでいるうちに、学校の授業は素晴らしい内容で、充実していることが次第に理解できました。日を重ねるにつれ、活躍中の詩人についての小論文提出。その論文の発表会が設けられたり、詩の起源や移り変わりの講義に及んで、私を十分に満足させてくれたのです。

しかし、あまりの想像とかけ離れた老朽化した一部屋限りの「神戸市民の学校」に、一瞬、胸中にある種の失望とショックを抱いたのでした。最初のあの日の体験は忘れていません。その体験を思えば、友に案内されて訪れた「大阪文学学校」のビルは、日差しがみなぎり、明るい学校らしい雰囲気が満ちていました。

そのビルで催されるＫ先生のための記念集会会場には、すでに、かなりの参加者が廊下をたむろしていました。友人と私は会場入り口近くの列に加わり、素朴な白やピンクの花が無造作に活けてある花瓶を、片隅に飾ってある机で受付を済ませました。

受付を済ませ、卒業生でも在学生でもない私は、友人に案内されるまま、遠慮勝ちに友人の後方に従って部屋に入りました。

三十脚、いや五十脚は並んでいたのでしょうか。およそ半分ぐらいの席が埋まっていて、友と私は中程の中央の席に座ることができました。

座ると、私は懐かしい先生の遺影をまぶしい思いで眺めました。遺影は横長の大きな写真で、箱か何かを積んでいるらしい純白の布で覆われた二段の台の上に、飾られてありました。

タバコを軽く挟んだ右手を、少し斜めはすかいにかざした粋な姿の写真。眼鏡の目がどこか遥か彼方の地平線の位置へ向けられ、口元をぎゅっと、固く結わえた生真面目な顔は、大学教授そのものの風格が伺える写真でした。

参加者と向かい合って置かれたその写真は、以前先生が、「神戸市民の学校」で、

K先生の写真の前で。右端が著者（於・大阪文学学校、1996年）

校長をされていたころと少しも変わりません。本箱で仕切られただけの教室と、隣り合わせた事務所を兼ねた校長室の壁に、偶然、発見した写真と同等の粋な写真でした。

残念ながら今、「神戸市民の学校」は廃校になっています。が、その狭い事務所の壁に掛かった、四ツ切りぐらいの額に入った先生の写真は、手を顎に当てて、ちょうど「ロダンの考える人」を思わせるポーズの写真でした。私はその写真の前に立つと、都合よくカメラを持ち合わせていた友人に、

「ね。この写真の前で撮って」

と、自分でも可笑しいほど胸をどきどきさせながら、嬉々として撮ってもらいました。もうその時はすでに、宇宙へ旅立たれていた遺影です。その時の

貴重な一枚の写真は今も大事にアルバムに貼っています。

思い出を呼び寄せながら待つ集会は、始まるまで、まだ、数分間ありました。そのしばらくの間、私は、

〈…一度でいいから、生きておられる間にお会いしたかったのです。ほんの少しの間でいいから、お話がしたかったのです〉

さぁ、四、五十人居たでしょうか、参加者の頭の並んだ前方に見える先生の写真に、私は心の内でそんなことを語りかけていました。そのとき、友人が私の肩を軽く、とんとんと叩いて言いました。

「ほら、あの方が先生の奥様よ」

「あっ、そう。あの方が奥様？」

宇宙の住人である先生に語りかけていた最中に、友人から奥様の存在を知らされて、私はビクリとしました。何一つ、やましいことがないのに、一瞬、驚いて、友人が指し示した方向を見ました。

夫人は知人らしい数人の方たちに、囲まれるようにして座っておられました。ふっくらした顔に、大きな丸い目が優しそうでした。当時五十代に入ったばかりだった私より、少し年輩の方のようでした。

「亡くなった夫のために、こんなに集まって来られる人たちがいて、奥さんは嬉しいでしょうね」

私は友人に、夫人の心の内を思い描きながら言葉を返していました。

そうこうしている間に始まった没後十年記念集会の第一部は、中尾務氏による「基調講演」でした。

中尾氏は、神戸大学で先生の講義を受けていた学生のお一人だったのですね。「半端な結論を出さないで、自分の思考の段階を語って見せた」と。

一見気弱で神経質そうな中尾氏は、青白い顔で懐かしそうに、先生の授業風景を語られました。そして、先生の関わられた同人誌の、『VIKING』時代から、『くろおぺす』の創刊と廃刊。後の日の『たうろす』の発行についての流れを、抑揚もなく淡々と、低音で語ってみせられました。

その後、意外なことに中尾氏は先生の普段の素顔を暴露されたのです。ときどき、妖しいビデオを誘われてこっそり、見せられたことがあったなどと、エロティックな話題をボソリと、語って参加者を面白がらせたのです。

学生であった中尾氏は、そんな人間味溢れたユニークな先生が、たまらなくお好きだったのでしょう。先生が亡くなられた後も先生の全集出版に加わられ、つい最近も最近、二十一世紀の幕開けと同時に、先生についての『○○○○ノート』という著書を上梓されました。それは中尾氏の先生への深い尊敬の念が、現在も続行していることの証でしょう。

次に始まった第二部では、大阪文学学校校長長谷川龍生氏や、同学校の講師の北川荘平氏など、十余名の方たちによる先生の色々な思い出や、業績についてのスピーチがありました。

最初に体格の立派な、詩人でもある長谷川校長先生が語られました。熱心に語られました。しかし残念なことに、そのときの私は、先生の書き遺された業績の一端である、フランスに起きたシュールレアリスムとプロレタリア文学の関連性について、「アラゴン」や「春山行夫」や、まして「サルトル」についての話は、難解で、ほとんど理解できなかったのです。

しかし、このときの長谷川校長先生の「思想と存在」と題してスピーチされた話は、感銘深いものでした。その後にシュールレアリスムについて、私に強い関心を抱かせたことを思えば。

その会の始まる少し前から私は、先生の亡くなられた直後に、K新聞文芸欄の選者を引き継がれた北川荘平氏の存在が気に掛かっていました。

北川氏はスピーチの方たちのために設けられた、私の席から斜めはすかいの左位置の席に座っておられました。集会が始まるまでに、私はその北川氏の所へ行って名乗りを挙げ、話しかけてみようかと思いました。

「K新聞の文芸欄に私のエッセー作品を、初めて取り上げて頂いたFです」と。

感謝の気持ちを伝えたい。そして、現在も作品の応募を続行しているFこそ私です。と告げて認識してもらいたい。そんな気持ちが胸を突き上げていました。

しかし応募者と選者が、馴れ馴れしく親交を深める事を出来る限り避けたいと思う頑なさが、私に北川氏へ声を掛けることを許しませんでした。

その日の北川氏は新聞紙上に見たダンディな姿に比較して、思いのほか少し老けて見えました。スピーチの番になって前に歩んで行かれる姿は、よたよたと、今にも倒れそうな危うさを感じさせました。話される声にも張りと勢いがありませんでした。後で、大病後だったと耳にして納得したのでしたが。

しかし、落ち着いた口調で、「大阪文学学校」が発行している月刊機関誌『樹林』に、四年間をかけて、関西の同人雑誌評を書き続けられたというK先生の偉業を讃えられたのです。

先生はK新聞に連載された『わが心の自叙伝』の最終回で、ご自身でも記述されていましたね。

——昭和四十六年からある新聞で同人雑誌の作品月評を始めた。今でも続けているからもう十五年に近い。（中略）文学学校や小説教室での決して楽ではない生原稿読みも、「大阪文学学校」の月刊機関誌『樹林』に四年来連載して、あと数回、終われば七〇〇枚を越えそうな関西の同人雑誌通観という物好き仕事も、私にとりついた変てこな「義憤」のなせるわざである――

――当然ながら、おびただしい数の無名の書き手たちの作品を私は読んだ。それらの書き物は、そのほとんどが、だれに読まれるでもなく打ちすてられてゆく。せめて俺が、それを読むべきではなかろうか――

何と義侠心の溢れた記述でしょう。私がK先生を尊敬申し上げる一番の思いは、この、――無名の書き手たちの作品を……せめて俺が――という、無名の者への優しい眼差し。利害を超えた、体を張った姿勢と行動。その人間性に感動したからにほかありません。

記念集会のその後に続いたスピーチは、K先生の文学仲間の友人として、小柄で優しい仙人を思わせる、白髪の小川正巳氏でした。詩人の小川氏は先生とは東大時代からの友人だったそうですね。

小川氏は先生の部落問題への関わり方と、先生が恩師渡辺一夫氏の依頼があってやり始めた翻訳仕事で、よく自分の家へ愚痴をこぼしに来たという、意外な、いや先生だからこそ胸に溜まった不満を我慢しないで、信頼厚い小川氏という友人の前で吐き出したのでしょう。そんな先生との親交の日々について語られました。

小川氏は先生の死によって先生の愚痴を聞けなくなった寂しさを、今にも涙を落とされるのではないかと、聴く側に思わせるぐらい消え入りそうな声で述べられました。

本当に、先生がこの世に存在しない現実がたまらなく、小川氏を寂しくさせているのでしょう。話を聞きながら切ない心情が伝わってきて、私の目頭にさえ涙がうっすら滲んできたのです。

その次の語り手は、背高く剛健な体つきの、やはり詩人だと言われる直原弘道氏でした。直原氏は国家公務員の立場でありながら、ベトナム反戦に参加した、そのころのK先生の生き方と、文学への関わり方などについて詳しく語られました。

その後のスピーチは、どなたが先でどなたが後だったのか、定かではないのですが、前面のテーブル中央の席に座られていた小柄で痩身の、刀禰喜美子さんという一人の女性の方が、「大阪女性文芸賞」の設立に向けてのエピソードを語られました。ハスキーな声で、しかもスピードのあるリズミカルな口調で語られました。

「文学賞を創設しようと思うなら、秋山駿のような、大作家を選者に呼んでくるぐらいでなくちゃ」

という、K先生の不可能に近い難題の提言に挑戦したこと。その後に、K先生の多大な力添えがあったからこそ選者に秋山駿氏を迎えた、「大阪女性文芸賞」が誕生可能になったのだと。

彼女にとって忘れがたい思い出を、懐かしそうに語られました。その語られる端々には、生前のK先生への感謝が溢れていました。

その他、大阪文学協会代表理事の方や、在校生の方たちのスピーチも先生に関連した文学観などを語り伝えて、私のK先生への尊敬を深めてくれました。

第二部の終了後に、「偲ぶ会」の催しがあるということでした。私はその会に参加するかいなか、少し迷いました。が、卒業生でないという思いが強く、参加を遠慮して帰路につきました。

その教室を出ようとした後方に、書籍がうず高く積んで何列も並べてありました。近づいて見ると、それらは先生の小説やエッセー集などの書籍だったのです。そして、〝ご自由にお持ち帰り下さい〟という張り紙がしてありました。

私は半信半疑の思いで何冊か手にすると、例外として、「○○○○の自画像」という、たった一冊だけが、代金徴収が必要となっていました。私はその書籍の代金を払うと、重いのも何のその、その「ご自由にどうぞ」と書かれた他の数冊をも、もらって帰ることにしました。

私が「偲ぶ会」不参加の意思を示したために、残るつもりをしていた友人も帰路につきました。もう一人、友人と同期生だったという遠方の金沢市からはるばる来ていた人も、急いで帰宅しなければならないからと一緒に会場を出ました。

会場を後にした私の耳には、「偲ぶ会」の準備で椅子を並べ替えたり、テーブルが運び込まれたりで、ガタガタと会場に沸き上がってきた騒音がいつまでも尾を引いて残ったのでした。

私に気遣って学校を後にした友人は、金沢市の女性と卒業以来の再会だということで地下鉄の駅へ向かいながら、間断なくしゃべりつづけていました。肥え気味な上に背が低い友人は、すらりと背高い金沢の人を見上げるようにして、ハアハア、荒い息を吐きながら夢中で話し込んでいました。

会場を出る間際で、思いがけなく無料で先生の著書を何冊も入手して嬉しいはずの私は、それとは逆に、友人たち二人の一歩後ろを歩きながら涙がこぼれそうで、しかたありませんでした。

やや間近に、見えていた幽かな希望の光が消えていってしまいそうな。軽やかだった心が、バイオリンのきぃーきぃーと奏でるメロディーに湿っていくような。明るかった脳裏へ灰色の暗雲がどんどん押し寄せ、流れ込んでくるような。何とも説明し難い重苦しさと、悲しみに襲われていったのです。

関西近辺ではかなり有名なはずのK先生でさえ、たくさんの著書が無料で提供されているという現実が、私の心を惨めな思いにさせて厚い鉄板のようなもので塞いでいくのです。

たとえ、先生のゆかりのある文学学校の方たちのために、それらの著書が無料提供されたのだとしても、きっと、命を削って書き紡いでこられただろう作品の数々。私には、無料提供されなければならない状況が切なくて悲しいのです。

昔は難病だった肺結核で死んだ父親が小説家を志していたことを知った時点の、少女時代から、結婚をして主婦になり、五人の子どもの母になり、それでも父と同じ小説家へのあこがれを捨てきれないでいる私。その私には費用を掛けて出版されただろう書籍が、無料で提供されている現状を見るのが耐え難い事でした。

事実、私自身がその二年前に、ふるさとの城に心を添わせて詠んで、新聞に投稿入選した詩を編んで、『ふるさとの城は』という詩集を発行したときの苦い経験。何とか店に並べて販売してもらおうとしたときのことが、針千本の上を歩いているような痛みを伴って思い出されるからです。

頼めば何処かの書店で販売してもらえるだろうと、今から思えば、何と安易な考えと大胆な行動であったことでしょう。

東京の出版社の出版だったために、何とか東京でと、勇気を振り絞って神田や新宿の書店巡りをしたのです。出版社へ広告料を払う安易な選択より、自分の足で歩いて販売依頼をしようと、出版したばかりの詩集を十数冊鞄に詰め込み、東京の書店巡りをしたのです。

その結果、現在はコンピューター処理でやっていますので、個人販売は経理処理が困難ですからとか。売り場面積が決まっていて、ごらんのように書籍が溢れている状態で、もうこれ以上並べられませんからとか。我が社で出版していただいた書籍に限り、棚に並べることになっていますのでとか。どの書店からもそれぞれ体裁のいい販売拒否をされたのです。

その上、東大赤門前の或る書店では、

「素人の詩集なんか、知人に配布して、貰ってもらうものですよ。売れませんよ！」

まるで、氷塊を投げつけるような無情で冷たくて痛い言葉を、店主から浴びせられた経験は強烈でした。

まして、その東京での努力の途中で、

「神戸の君本さんという方がね。リュックを背負って本を売りに来られたのですが……私どもの小さな店では……」

と、偶然、私の通った「神戸市民の学校」の、K先生の後継者であった君本昌久校長先生のことが話に出されたのです。神田でも関西の書籍だけ販売するというその書店の小柄な店主から、君本先生の何となくうら寂しい姿を、気の毒そうな表情で語られたのです。「神戸市民の学校」のいやしくも校長先生である君本先生の話は、私を驚かせ、足をすくませました。そして書店巡りの勇気を奪い取られ、敗北の思いへ押しやられたのです。

東京神保町の書店巡りで受けた傷心のまま帰郷した私は、翌日には詩集販売の依頼で郷土の町の書店へ次々足を運んだのでした。

故郷ではK新聞社とY新聞社の取材を受け、写真入りの記事が掲載される幸運を得たお陰で、故郷の書店では歓待されて販売してもらえたのです。その後、友人たちの口コミなども手伝って、一カ月余りで初版の一千部が手元から売り切れてしまったのでした。

が、東京でのそんなにがにがしい体験があった私には、K先生の没後十年記念集会会場の入り口での先生の書籍無料提供は、胸に痛みが生まれました。心の乱れをどうすることもできませんでした。

記念集会を終えた場で、書籍の無料提供の状況を目にしたことから、私は谷町駅に向かって友人たちの後を、ぼそぼそ歩きながら、やり切れない思いを抱えて、次第に気だるくなっていく体をもてあましていたのです。

持ち帰った先生の著書は、『小説の方法』（フランス文学断章）、『エッセイ集』一と二。そして、『小説全集』でした。その最後の後書きのページを開いて、文字を追いながら私はまたも涙ぐんでしまいました。

そこには左のようなことが記述されていたからです。

――わたしたちの友人K・Tが逝って、この五月で一年がめぐってきます。

ご承知のように、彼はすぐれた文学者でした。その研究やエッセイのいくつかは彼自身の手によってまとめられ、いまなお光芒をはなちつづけています。（中略）わたしたちにできることは、その遺志を忖度しつつ、K・Tが生涯かけて紡いできた珠玉のような仕事を、できるかぎり世に出すことで、K・Tを今も今後も生かしつづけたいと願っています——

と、先生の遺された著書が微力なものたちの、病むに病まれぬ企画によって出版されたこと。そしてK先生の著書に対する力添えの輪が大きく広がってくれるようにと、切々と記述されてありました。

K先生。先生の書き遺された作品のほとんどが、そのように、先生を尊敬している人たちによって出版されたことを、先生は天国から拝見されていますか。

先生という方は、何とすばらしい人たちと親交を持っておられたことでしょう。私は羨望の念にかられました。

ご存命中に、一度でいいからお会いしたいと願いながら、その望みが叶えられないうちに、先生は六十七歳という若さで天国へ旅立たれてしまいました。何と口惜しいことでしょう。

その恨みつらみもあって、今、生きている現世から先生の移住された天国へ、何年先に、いや、永遠に、届かないかもしれないと思いつつもどうしても書きたい思いがあって、手紙を書かせて頂いているのです。

現存されている先生の夫人に、ご迷惑かも知れないと考えもし、また、喧嘩をしながらでも、お互いの長所で補い合う努力をし、共に生活をしている私の夫の、多少の嫉妬を浴びるかもしれない……と、予測しつつ、K先生へ手紙を書く決心をしました。

こうして、書く決心をさせたのは、単にお慕いしているためだけではありません。没後十年記念集会に参加して、先生の著書を手にしながら、ふつふつと湧いてきた、何ともやりきれない鬱屈した思い。そのやり切れなく、せつない思いの継続を吹っ切りたい。そのために便りを書かせて戴く。それが、何よりの理由でしょう。

そもそも、私が先生を知るきっかけになったのは、先生が昭和六十年の七月からK新聞に、「わが心の自叙伝」を執筆されるようになったときでした。

ときどき読むともなく読んでいて、執筆者が文学に関係の深い記述をしている箇所に目が引き付けられました。しかもフランス語教授である筆者のユニークな体験が綴られ始めると、ますます力を入れて興味深く読み進めたのです。

私は娘のころ、お手伝いさんとしてユーモア作家獅子文六先生の邸宅で働いていました。その先生がフランス贔屓で、来客があると決まって、得意気に、フランス滞在中の体験を、特に、フランスの「新劇」に関して、口角泡を飛ばして語っていましたから、自然にフランスに対して幻を追うように興味を抱いていました。

上京して一年余りで、帰郷してしまい、帰郷と同時に結婚をし、家庭の主婦として子育てに専念していた私は、すっかり忘れていたその興味を、先生の書かれる文で喚起されていったのです。

楽しんで読むようになった「わが心の自叙伝」で、先生の名前が脳裏に自然と刻まれました。それから間もなく、先生は新しく創設された同じ新聞の小説、エッセー、童話など、「K新聞文芸欄」の選者をされることになりました。その選はS先生とM先生そしてK先生の作家三人の先生で担当されることになりました。

そのころ私は詩を作っては、その新聞にせっせと応募して入落選に一喜一憂の

日々を送っていました。しかし、その文芸欄が創設された記事を読みながら、「わが心の自叙伝」の最終章で綴られた先生の、

――おびただしい数の無名の書き手たちの作品を私は読んだ。（中略）それらの書き物は、そのほとんどが、だれに読まれるでもなく打ちすてられてゆく。せめて俺が、それらを読むべきではなかろうか――

という先生のあの文面が蘇ってきました。そしてその文は、私に小説を書いて応募をする気にさせたのです。

もともと小説を書きたい思いを捨てきれないでいた私は、十五枚という短編に気をよくして無我夢中で書き始めたのです。書くと応募をしました。毎月必ず創作して応募しました。しかし、友人が入選を果たす中、私はまったく入選できませんでした。

それでも諦め切れないで必死で書きました。近辺に起きる、種々雑多な書きたい事柄を、自営業の事務仕事や、私たち夫婦と五人の我が子、そして姑がいる大家族の煩雑で多忙な生活の中で、たとえ短い時間であろうとも、夜の更けるのも忘れて

原稿用紙に筆を走らせました。

しかし、入選はできませんでした。その落胆が大きく胸を占めた半年目ぐらい後に、選者三人の先生方の途中経過の批評と感想が掲載発表されました。

何と、その批評の中に、

「Fさんは、いい作品を毎回応募されているが、一回、一回が読み切りとして完成されていないので、入選を見合わせざるを得ない」

と、記述されていたのです。しかもその記述者は、私に「K新聞文芸欄」へ小説を書く気にさせた先生ではありませんか。私はその記述に小躍りして、歓喜の渦に浸りました。

〈私の作品は下手ではないのだ〉

私は再び書く勇気が湧いてきました。私はそれから一回、一回を完成させては応募しました。しかし残念なことに半年が経過してもやはり、入選は果たせませんでした。

私はますます落胆しました。しばらく煩悶が続きました。入選出来ないのは書く能力がないわけではない。毎日の生活が忙し過ぎるのだ。多忙なために落ち着いて書けないからだ。

忙しい生活の中で、小説を書くこと自体大胆すぎる。現在の自分は短い時間を繋いで、何処にいても紙と鉛筆さえあれば創作し、推敲が可能な詩の世界が合っているに違いない。

反省が私に小説を書く域から離れる決心をさせました。その昭和六十一年に、詩作の世界へ戻る準備をしていた矢先に、「神戸市民の学校」の生徒募集の新聞の記事が目に付きました。その学校の校長先生は知るも知らないも、K先生ではありませんか。

皮肉にもその学校へ入学した昭和六十二年秋には、すでにK先生はあの世へ移住されてしまっていたではありませんか。K新聞の「平和賞」を受賞されたという記事が載ってすぐ、先生の死亡が報道されたではありませんか。

私は入学を希望した時点で、K先生の不在を知っていました。しかし先生が校長であったという安心感で、「神戸市民の学校」のその夜間部へ、姫路から通うことにしたのでした。

夫の承諾を得ると、八人家族の夕飯を用意して電車に飛び乗り、一時間余りをかけて通い始めました。

その学校が先に記述した登校の初日、一瞬、私を失望させた文学学校です。授業を受けている間に、充実した講義と実践に満足感を得た学校です。そしてそこで知り合ったのが、加西市の友人です。「大阪文学学校」を卒業した友人は、再び研鑽を積むために、「神戸市民の学校」へ入学を決めたのです。


そこで詩を書く勉強をしながら、私は再び小説への魅力に心を奪われたのでした。友人はそこを卒業後も詩の世界にいて、詩の仲間と「ア・テンポ」という詩の同人誌で、詩を発表するなどしていますが、私は小説の創作に没頭する日々を送るようになっているのです。

先にも書きましたが、K先生は生前に、

――だれに読まれるでもなく打ちすてられてゆく。せめて俺が、それを読むべきではなかろうか――と。述べられ、事実、そのことを実行に移されました。その先生の偉業を私は尊敬いたします。

先生は宇宙の住人になられた現在も、その義憤を継続して保持されているのでしょうか。それとも、

「無名の作品を読むなぞ、もう懲りた。こちらでは悠々自適の日々を過ごしたいのだ」

と、でも言われるのでしょうか。そのような冷淡なことをおっしゃらないで下さい。先生に読んで戴きたい思いで私は小説を書きました。次の小説を是非読んで下さい。

作品
『父が私に遺したもの』
初春のその日は、淡い光が辺り一面に満ちて、とても暖かであった。小学四年生

であった私は、家の地つづきにある野菜畑の、細い脇道を通って知人宅へ卵を買いに行った。

知人の家は我が家から西の位置にある。庭が非常に広く、小さな公園ほどもあった。庭の左の塀に沿って、松や槇、万両、千両、深紅の花のこぼれるような椿が数本植わっていた。光を遮った樹木の繁みの下には、川岸で見かける巨岩が居座り、青苔を載せた大きな灯籠が対で見えていた。

知人宅の豪華な構えの屋敷は、玄関を出れば市道になっている我が家とは、外見からして、富の差が一目で知れた。

「小父さん。卵を下さい」

小学生だったころの私は使いが苦手であった。近所の大人たちと接することが苦痛であった。母親に頼まれて仕方なく、重い足を引きずって買いに行った。

「何個いるんや」

玄関に立って言った、私の小さな声に答えて、大きな屋敷の薄暗い三和土の奥から出てきのは、丸坊主の小柄な小父さんであった。

「七個下さい」

私は頭を垂れて、顔をうつむけたまま答えた。大人の人と目を合わせることじたい、恥ずかしくてたまらない。

「こっちへ来な」

小父さんはそう言いながら広い庭先をどんどん歩いて行った。鶏小屋は庭の外れにあり、小屋に近づくにしたがって、鶏の糞のむれた臭いが私の鼻を突いた。臭い。と思いながら早足の小父さんに遅れないよう、小走りして、後について行った。人影で餌を与えられると錯覚したのか、鶏がくうくう一斉に鳴く。

「生み生みの新しいのを入れてやるで」

私が両手で持っていたザルへ、鶏小屋へ手を差し込んで摑んだ卵を、小父さんは丁寧に入れてくれた。白い綺麗な卵がザルに転がった。しかし、よく見ると産毛のような小さな毛と、茶色の糞がところどころにくっついている。

汚れが気になりながら、私は手でこすって取る勇気もなかった。手に握って来ていたお金で卵代を払って帰ろうとした。

「柏餅を食べて帰れや」

帰りかけた私の背中へ、小父さんは太い声をかけた。私はかぶりを振った。姉たちと一緒ならともかく、たった一人で、とても恥ずかしくて食べる勇気などない。

「おいしいぞ。食べて帰れや」

再び呼び止められた。内気な上に、度を超した恥ずかしがりやであった私は、二度も呼び止められると、逆に断る勇気を失った。小父さんの後をついて屋敷の方へ戻った。

「ここへ持ってきてやるからな」

小父さんは縁側へ私を座らせると、家の中へ入って行った。私はザルをそっと右横に置いた。しばらくすると、小父さんは柏餅とお茶を載せた盆を持って出てきた。

「さあ、食べな」

盆を卵のザルと反対の私の左側へ置くと、それを挟んで小父さんは座った。私は優しく食べろと言われながら、柏餅へすぐには手が出ない。大人の人と一緒に座っている居心地の悪さと、羞恥心が手伝って、なかなか手が出ないのである。

「嫌いか？」

なかなか食べようとしない私に、小父さんが尋ねた。私はゆっくりかぶりを振った。

「嫌いでないなら、遠慮せんと食べな」

ふたたびうながされた私は、やっと柏餅へ手を伸ばした。作ったばかりなのだろう、手に取った柏餅はとても温かい。家の奥の方では、二つと三つ離れた下級生の小父さんの家の女の子たちらしい、賑やかに騒いでいる声がしていた。

「あんたは、何番目の子や」

やっと、餅を覆う、しっとりとした柏の葉をはがして、口へ持っていったときに小父さんが尋ねた。

「三番目……」

口をもぐもぐさせながら、私はうつむいたまま答えた。

「そうか三番目の子か。あんたのお母ちゃんは、小さい子を四人も遺されて、早ように、お父ちゃんに死なれ、苦労してるな」

「……」

「あんたのお父ちゃんは、兄貴たちが皆戦争に行った後、商売の『たどん』を炭の粉で作りながら、田圃を一人で耕し、それはえらい苦労したで」

「……」

「おっちゃんは背が低うて、あんたのお父ちゃんは肺を病んでいて、戦争に行かんかったが、家にいて、重労働の毎日やったで」

「……」

「あんたのお父ちゃんは、色々考えて何でもやる人やったさかい、アスパラの栽培をしたこともあったんや。砂地やないから、それはうまくいかんかった。……その次に、おっちゃんと養鶏を始めたんや」

「……」

「今、あんたんとこが畑をしているそこに全部鶏小屋を建ててな。鶏を百匹ぐらい飼うて卵を売ったんや。それも、飼料が高こうについて、もうけにならんで止めた……」

そう言うと小父さんは首をかしげた。

「それから、何をしたかいな……」

私の父の事を話す小父さんを意識しているせいか、おいしいはずの柏餅がなかなか喉を通らない。私は困っていた。いつまでも、もぐもぐ嚙み砕いていた。

それから何をしたかいなあ……、と腕組みをして繰り返して言うと、小父さんは何故か急に話さなくなった。私は不安な気持ちになり、少し顔を上げ、小父さんの顔を盗み見した。

私はそのとき、どんなにびっくりしたことか。小父さんの丸い目に涙が、きらりと光っていたのだ。濃い髭が伸びかかって、ぶつぶつ目立ち始めて、山男のように見える小父さんの目は、涙が今にも零れそうであった。

私は私の父の事を思い出しながら涙ぐんでいる小父さんを見て、ますますそこに居づらい気持ちになった。「もう帰らなければ」そう思って、もじもじしていると小父さんはまた話しかけた。

「それから、野菜なんかを栽培して売ったと思うが、その後は……、ああ、今お母ちゃんが後を継いで、やっている精米所や。……ともかく、あんたのお父ちゃんは、兄弟で一番よう勉強が出来て、若いときから、何やかやと考えると商売をする人やった」

「……」

「若いときは小説家になると言うて、大阪の町に住んでいたこともあった。結婚してからも、子どもを放って、しばらく大阪へ行っていたこともあったなあ」

小父さんは理解できるかどうかの判断もなく、小学生の私を相手にいつまでも話し続けた。

縁側に座っている私は、柔らかい日溜まりの中にいた。体がほかほかしていて、七歳のときに死んでいる父のことを懸命に話すこの小父さんの話さえも、温められて私に記憶させた。

日が経つにしたがって、すっかり忘れていたこの日の小父さんの話が蘇ったのは、私が中学生になってからであった。クラスメートのA子に、小説を書くように強要されたときに、突然蘇ったのだった。

中学二年生になったとき、かなり早熟だったA子と同じクラスになった。ある日、彼女は、授業が終わると私の傍へやって来た。そして、

「あんた、図書部に入らへん？」

図書部に？　勧誘された私はたじろいだ。

「私なんか図書部には向かんわ」

私は断ろうと思った。そのころの私は読書が苦手であった。国語の時間に本読みが当たろうものなら、逃げ出したいとさえ思った。国語の教科書の漢字が読めなくて、いつも口の中で言葉が詰まった。詰まると、心臓がどきどき大きく脈を打ち、顔が赤くなった。赤い顔をしながら、助っ人が教えてくれるのを待つ、といった情けない状況であった。

読めないから本は嫌いであった。嫌いだから読まない。悪循環の本との関わりがずっと続いていた。が、A子はそのころの私のそんな辛い思いを把握していない。クラブ活動に図書部入会を勧めた。

優柔不断の私は断る理由も見出せないまま、彼女の強引さに引きずられる形で図書部に入部した。

今思い返しても、中学校の図書館は何ともお粗末な図書館だった。新刊図書はほとんどなかった。活動と言えば、本の整理や修理、図書の貸し出し当番といった具合である。

活動内容を知ってからは、図書部に入部した後悔が吹っ飛んでいった。破れた図書を発見すると私は積極的に修理をした。そんな活動をしていたある日、A子が本棚から一冊の本を抜き出すと言った。

「Fさん。二葉亭四迷のこの『浮雲』を読んだら」

私に手渡した。それから『復活』、『嵐が丘』、『貧しき人びと』など、次々私に読ませようとした。

中学生の私は彼女の熱心な勧めにもかかわりなく、本に親しめなかった。家に帰れば家事仕事が待っているそのころの私の閉塞的な暗い心に、読書は馴染まなかった。夜になって本を開き、読みかけても、文は心に響いてこない。睡魔におそわれ、読みかけで放り出すのが関の山であったのだ。

早熟していた彼女は特別として、普通の生徒と比較しても当時の私の精神は未発達で、小学生の低学年ぐらいではなかったか。彼女が勧める名作に眠りを忘れて読むほど、感動や魅力を持てなかったことを思えば。

中学二年の三学期も終わるころになって、読書に馴染めないでいる私へ、A子がとんでもない提案をした。

「私らも小説を書こう」

彼女の目は大きく、長い睫が覆い、顔は木目込み人形のようにふっくらして、子どものように見える。が、どちらかといえば大人っぽい表情をしていた。

「小説を書くって？」

彼女に言葉を返したそのとき、突然、私は卵を買いに行ったあの日のことを思い出していた。そこの小父さんの、

「あんたのお父ちゃんは、小説家になりたかったんや」

と言ったことを。それを思い出した私は、一瞬、驚いていた。驚いて返事に困っ

ていると、彼女は、私が嫌がっていると判断したのであろうか、

「何でもいいんや。自分の思ったことを何でも、ノートに書けばいいんや」

じれったそうに、強い語調で、吐き捨てるように言った。言われた私は尚も答えに困って言葉を失っていた。

先輩に命令されたような畏怖を感じつつ、私は彼女の提案を受け入れていた。

そしてその翌日から、小説という意味も理解しないまま、書き始めたのであった。学校から帰宅すると働きに出ている母親を助け、姉たちと手分けして家事手伝いをし、夜を待って書き始めた。

書くために新しく用意した、細い線の入ったノートに書いた。夜が更けていくのも気づかないで書いていると、とうとう夜が明けかけていた日もあった。

目の形の美しい二人の姉と、弟を可愛がっても父親似だと言われ、目が細くて醜い私一人だけに、厳しい体罰さえ容赦しない母への怒りを。夢中になって書いた。

その上、私は不器用に生まれていた。食事の後かたづけ中に、茶碗やコップを絶えず割った。割ると、母は逃げる私を追っかけてきて、

「あつかましい子や！　ちょっと、気をつけたらええのに」

　思い切りぶった。縮まって、部屋の隅にうずくまる私の小さな背中へ大柄の大きな手でぶった。そんなときの美しい母親の顔は、一変して、恐ろしい鬼面になっていて、私を震い上がらせた。

　たまたま父親が使用していたという、机の引き出しからハーモニカを発見して、窓辺に座り、星空を見上げながら気分よく吹いていると、

「女の子がハーモニカなんか吹いて！」

　つかつかっ！　と、やって来ると、容赦なく母親は私からハーモニカを取り上げた。

　中学校へ進級と同時に始まった英語に興味を持ち、早朝に起床し、ラジオの英会話番組に無心で聞き入っていると、

「英語なんか勉強して、女の子が、どうするんや！」

　にがにがしい引きつった顔で、スイッチを即刻切ってしまった。今では考えられない男尊女卑で固まっていた母は、私のすること成すこと、ことごとく禁止した。

あまりの悔しさにめそめそ泣くと、いっそう母は私を標的に叱責した。

その当時、母一人で、四人の幼い子を育てる家庭の貧しさは、家計費を脅かす私のたび重なる失敗は、許し難かったのに違いない。

一家を支えている重圧で、心が荒み、世間体を人一倍恐れた母は、何かにつけて、かなりヒステリックになり勝ちであった。一番気弱な私を叱り飛ばすことで、鬱憤を晴らしていたのかもしれない。

母親の苦労を理解できなかった中学時代の私は、母をむごいと思った。憎かった。恨みこそしていた。

親友から小説を書くように強要され、ノートを前にするまでは、心の奥底に沈めて口外したこともなかった、折檻をする母親に対する恨みつらみのそれらは、滝の落下に似て勢いよく体外へ流れ出てきた。流れ出たものは、抵抗もなく文字に変換されて、ノートの空白をどんどん埋めていった。

ほとんど平仮名ばかりであった。線からはみ出さないだけの汚い文字も気にならない勢いで、私は夢中で書いていった。読書に魅力を感じなかった同じ自分とは思えない、何かに取り憑かれた状態で書いていった。

「あんた、書いた？」

数日後の放課後に、図書館へ向かう廊下を歩きながらA子は私に尋ねた。私はおずおずと彼女にノートを渡した。ノートを受け取った彼女は、廊下を歩きながら読み始めた。

彼女は、私の作品を当然のようにして読みながら、彼女の作品を私に見せようともしない。彼女はずるい。内心で思いつつも、責める勇気のない私は、私の作品を読む彼女を、恥ずかしい思いでみつめながら歩いた。そのうち彼女が言った。

「これ、国語の先生に見てもらおう」

友人のその言葉を耳にした私は疑った。思春期の胸底に埋もっていた物を吐き出すように、夢中で書いた作文を先生に見て貰うなど、私には考えも及ばなかった。彼女の大変な提案に私はただ驚いていた。そして恐れた。母への不満や怒りを書いたそんなものを、先生に読んでもらうなど、とてもできることではない。

しかしその提案も彼女の強引さで実行に移された。彼女は私の腕を摑むと、板の敷いてある廊下をカタカタ音させながら、図書館の手前にある職員室へ無理やり私を引っ張って行った。

職員室の前まで行って職員室へ入ろうとしていた女教師に、私たちに教鞭を執っている国語教師を呼び出してもらった。何事かと、怪訝な表情で出てきた背が低い教師は、A子の申し出を受け入れて、

「二、三日まってえな。今、忙しいから」

野球のベースと、先輩たちはうまいあだ名を付けたものだ。四角い顔の顎が三角形をしているその教師は早口でそう言うと、彼女と私の二冊のノートを受け取るとすぐまた職員室の奥へ姿を消した。

国語教師は生徒との約束を、反故にしなかったのだ。数日してA子にうながされて職員室へ行くと、教師はノートを持って出てきた。期末試験が始まる時期であったため、生徒の職員室への入室は禁止であった。教師は入り口に立ったまま、それほど背丈が違わない私たちを前にして、真剣な面もちで丁寧な、感想を述べてくれ

たのだった。

最初私は、かなりの文学書を読破している優等生の彼女の作品は、文句なく、先生は誉めるだろうと予測していた。その彼女と違って、私の場合はただ夢中で心の奥に沈殿していた重苦しいものを、吐き出しただけなのだ。恥ずかしいことばかり綴った作品だ。作品と言えるかどうか、怪しい文章の羅列だけのものだ。そう思いつつ、彼女の後ろに隠れるように立っていた。

しかし何と意外な展開であろう。国語教師は彼女の作品に対して、簡単な感想を述べるにとどめた。が、私の作品には、かなり細部に渡って、普段からの早口で、批評を述べ始めたのであった。そして最後に、

「何よりも、母親との葛藤が、隠さずに書かれていて、いいなあ」

と先生は言った。「葛藤」が？ 当時の私は葛藤という言葉が理解できなかった。もどかしさを感じた。が、尋ねる勇気もないまま突っ立っていた。

この日のY先生は卒業後も私を励まし続けてくれたのであった。自身は市内のY小学校校長を歴任、退職した後、短歌井阪暁美創刊「白圭」の主宰と編集発行を引

き継ぎ、死の直前まで各地の公民館で短歌の指導を続けたという。

私が最後に受け取った年賀状には、

――血をもって成る　我が歌の文字　一いち起って　大空へ舞え――と、凄絶な短歌が書かれていた。その横に、

「書き続けておられますか、ひたすら書くこと」とメッセージが記されていた。

あの日、友が私に小説を書くよう提案したのは一回切りであった。卒業すると彼女は高校へ進学し、私は就職で社会へ一歩踏み出していった。

不思議なことに、彼女から書くことを強要されたそのころから、私は時間を生み出しては書く習慣が身に付いてしまった。父の小説家を志していたという、近所の小父さんの蘇った言葉がまた、私を書く世界へ牽引していった。

私は現在、還暦を迎えてしまった。願うことなら、筆を握ったまま死にたい。宇宙へ飛び立つ寸前まで書いていたい。そんな望みさえ胸に温め続けるようになっているのだ。

そう願うのは作家志望であった父が、私に遺していった遺伝子のせいかもしれな

い。志半ばで病臥し、無名のまま一生を閉じ、無念な思いをしていただろう父の、宇宙から送ってくるエールのせいかもしれない。

完

遠い宇宙の住人になられているK先生。私の短いこの、『父が私に遺したもの』という私小説は如何でしたでしょうか。

そして――忘却の淵へしずめるにはあまりにも惜しい業績――と、先生の作品への賞賛を送って仲間たちがK先生の全作品集を出版したことをご存知でしょうか。

私はその作品集中の『かへりみず』という短編が大好きです。エッセー集や小論集、そして、先生が病院へ入院される四日前に、「大阪文学学校」へ、持ち運ばれた『黒い河』という作品も好きです。しかし、未完成だと言われる、『かへりみず』は、最も私を魅了します。

そこに、文学の虜になった者の、恥じらいが過不足なく、描かれているからです。ひょっとして、私の父も主人公の義父伝右衛門《でえむ》のようではなかったかと、思えるからです。

伝右衛門は先代からひきついだものもちといわれた家を宿屋にして、その宿屋を弟にまかせたまま東京へ出ます。その弟が死んでまた伝右衛門は村へ帰って来るのですが、彼が東京で一体何をしていたものか、誰もわからないのです。

村の噂では、歌よみだとか、易者だとかいう、変わった連中とつきあいがあったらしいと言われて、そういう人間から、便りが店に投げ込まれると伝右衛門は、さも貴重なもののようにそそくさと、便りをふところにかかえ込んで、うすぐらい帳場に腰をすえ込んで、何回も何回も、くりかえし読むのです。

自分を忘れたように、その手紙の上に浮かび出る華やかな東京の姿を、一心に見つめているような、そんな姿を見て、その度に村に残されて十五年間もひとり身でいた女房のとよは、夫がまた、ふと東京へ行ってしまうのではなかろうかと、不安な気持ちになるのです。

しかし、愛着をもった東京をすててまた村へかえって来た所をみると、東京生活もそう面白くおかしなものではなかったのであろうか。東京に対する愛着と嫌悪が、伝右衛門にはあったのだろうという。

この『かへりみず』という本筋の主人公は庫造です。若い頃の庫造のどこか奥深い所のある性格の中のある一点に強い魅力を感じさせて、伝右衛門に娘婿として迎えられた庫造。その庫造の舅の伝右衛門が死に、一人娘を遺して嫁が逝き、最後には姑が死んでしまう。その何とも言えない不幸な人生でありながら、庫造には生きるのに十分すぎる財産が遺されているのです。その財産を贅沢に使うわけでもなく、飲み屋で知り合った女に貢いでしまうわけでもなく、いずれその財産は娘に。姑が死んだ後三歳になっていた娘を里子に出してしまったものの、成長する日々に父親の自分の愛情を呼び戻そうとしたが、努力してもなじんでくれないその娘のものになるだろうと、予測させて物語は終わっています。

書き抜きは、物語のほんの一部分です。しかし、この、『かへりみず』という作品は、先生の大学時代の最後の作品だと言われています。しかも、未完成の作品だと言われています。

私は、K先生の二十代はじめの作品だといわれるこの作品を読みながら、何とも不思議な気がしてなりませんでした。

この作品はあまりにも、私の父と母の状況に似ているではありませんか。そして、伝右衛門の行為が、私が娘時代に母親の反対を押し切って上京した、その行動とずいぶん似通っているのです。

そして、この作品を読む限り、伝右衛門こそまた、文学の虜になり、文学を志した先生自身の姿ではなかったかと。私は思い巡らしてしまいました。

伝右衛門の文学をする恥じらい。この伝右衛門の恥じらいは、とりもなおさず、『府高校友会雑誌』に毎号小説を書き―そのころは生意気にも将来は小説家になろうと思ってた―と或る座談会で吐露されたという文学の道を歩む先生自身の恥じらいでしょう。文学の道を歩こうとする者にしか理解できない、恥じらい。

先生はこの奇妙な恥じらいを抱きながら、一生を終えられたのではないでしょうか。『かへりみず』という作品を読了して、私はそう思いました。

私自身も文学の道に入ったものの、何と恥ずかしい思いが、たえず湧いてくることでしょう。正々堂々と人に公言することへのおこがましさ。始末に負えない恥ずかしさ。そんな恥ずかしさが心を占めて、ときどき、憂いに浸ります。しかし、持病のように自分の身体に埋もれている文学の虫。

ところで、先生の仲間が珠玉のような作品と、絶賛されているように、先生の数少ない作品は現在の人々に、特に関西の芸術家たちに、かなり影響を及ぼしているように、私には感じられます。

先生の没後十年記念集会で詩人の長谷川龍生氏がスピーチをされた内容は、シュールレアリスムの世界でした。その世界を先生は「フランスの文学断章」として著書で解明されています。

——シュールレアリスムの運動は、単に文学・芸術の革新運動ではなく、もっとラジカルな一種の精神革命運動を目指していた。ということ。

——シュールレアリスムは、新奇な、あるいはより安易な表現の方法ではない。詩の形而上学でもない。精神及びこれに類する一切のものの全面的解放の手段であるということ。

――シュールレアリスムは自らを対象とし、自らの桎梏を必要ならば物理的鉄槌を用いても徹底的に粉砕することを決意した精神の叫びである。ということ。

こういう見解を指し示されました。

先生の明確に示されたこのシュールレアリスムの世界で新しい息吹を生み出そうと、悪戦苦闘をしている関西の芸術家たちを、私は何人も見かけました。この現象こそ先生の功績ではないでしょうか。

そしてまた、先生は生前に『小説の方法』という著書も遺されました。その著書には目のくらむような小説の種類が書かれてあります。

――他の音楽や造形芸術や演劇や詩との対比において考えられた、散文芸術としての小説独自の創造方法、ロマン、ヌウヴェル、コントの区別について。と。

そう述べられながら、書簡体、日記体、記録体、……私小説、社会小説、純粋小説、観念小説、風刺小説、思想小説、空想小説、恋愛小説、はては肉体小説などと珍妙な部類まである――と。

少し古いと感じる言語でたくさんの小説の形体を表現し、例を挙げた後で、

――だが、小説の方法とは、単なる局部的な表現や記述の方法を指していうのであろうか？　作家が対象をどのように把握するかというその把握の仕方こそ実は正しいいみでの方法ではないのか？――

Ｋ先生は著書で読者に疑問符を投げかけておられます。

私はこの小論を読みながら思いました。現在はどういう方法で書かれようとも、小説は人々から、読まれなくなっていきつつあるという事を、宇宙の先生にお伝えしなければならないと。

ＩＴと呼ばれる、電子機器の猛スピードの開発は、伝達方法の種類を無限に広げ、書籍による小説を読んで楽しむ人々を減少させていきます。

また、現在の世の中は長い回復しない低迷した不景気で、（不思議な現象として、ここ数年前から、景気が復活して、社会が好景気だと、認識されているのです。であれば、ここに私の書いてきた社会状況は、削除するべきかもしれません）失業者が続出しています。

事業が倒産する人。自己破産する人。生活苦で自殺に追いやられている人。癒しきれない状態で、苦悩する人たちが増加しています。

その一方で、一部の人だとはいえ、官僚たちが血税を湯水のように自己の贅沢三昧で使い、私腹を肥やしているという悪事がどんどん放映や新聞雑誌のメディアで暴かれています。

こうした悲しい状態が起きるのは何故でしょう。長い歴史の中で、築かれたと思っていた人間らしい精神は、幻だったのでしょうか。文明文化が発展し、自由で豊かになった社会で、礼節を育んできたと思うのは、錯覚でしかなかったのでしょうか。

また困ったことに、今の世の人々が野生で粗野な方向に向かって、下降を辿っていっているように、私には思えてなりません。

何故なら、大人の性欲に翻弄される若者や、性を遊び感覚で享楽していく若者が非常に増加しているのです。この奔放さは、本来の人間が人間らしい姿と言われる根本を、歯止めなく、崩していっているように思えてなりません。

その上、最近では猛獣と何ら変わらない、残酷で悲惨な殺人事件が、日本国内でも多発しているのです。

先生、こんな荒んでいく社会に、もし、先生が生存されて居られたら、どんなメッセージを人々に向けて送られるのでしょう。

私は一時、小説を書くことで有名になりたいと、切望したことがありました。父のように、無名のまま一生を終わりたくないという思いが、私の心を、扇動したからに他ありません。

しかし、書くということの意義を深く考え始めた今、そうした考えは、取るに足りない煩悩の呪縛でしかないと、思えるようになりました。

宇宙の住人のK先生。人間の人間らしい姿とは、どんな定義をもって、人々に訴えていけばいいのでしょう。

空に居られる先生。先生は人間の心の進化を信じられていますか。先生の渡ってしまわれた宇宙社会は、いかがでしょう。

私たちが見上げるそちらの宇宙は、何千年、何万年、積年されていく歴史の中で生きた、賢人や悪人の区別なく、平等に、すべての人々を受け入れていきます。永遠に受け入れていきます。

普段、私たちが仰ぎ見る限り、宇宙は美しいのです。太陽が神々しく輝きながら昇り、紺碧の空が広がり、白雲がゆったり流れていきます。日暮れどきになって、雲を茜色に染めながら、沈む夕日の美しいこと。

晴れた日の夜の闇には、銀粉を蒔いたように流れる天の川。北斗七星、白鳥座、オリオン座、カシオペア座、などなど、伝説を伝えながら星座が音もなく浮き上がってきます。

四季によって、月日によって、欠けたり、満ちたり、微妙に黄色い彩りを変化させながら昇ってくる月。

まだまだ自然の宇宙は私たち人間のロマンを満たして、夢を育ませてくれます。

平成七年の一月に先生の住まわれていた神戸の町を中心に、それは恐ろしい阪神・淡路大震災が発生しました。六千人に近い人たちが、宇宙へ旅立つ結果を生みました。その方たちの中には、先生のご存知の懐かしい方もたくさん居られたことでしょう。

町はほぼ復興をしたものの、まだ、家族を失った人たちの悲しみは消えることなく、恐怖で立ち上がれない多くの人もいるのです。

地震という防備の不可能な、自然災害の恐ろしさは生々しいものです。

しかし、それでも命ある私たちは、美しい大地の自然と広大な宇宙を愛していきます。あらゆる地上の自然美と共に、無限に拡がる宇宙の中にどっぷり、浸りながら人々は歴史を刻んでいくのです。

しかし、宇宙はまだまだ解明されない謎が一杯あります。宇宙に境界線があるのか無いのか。他の球体には地球のような生物が住んでいるのかいないのか。宇宙のそちらに居られる先生。実際には宇宙はどういう世界なのでしょうか。

昔の画家が遺していった閻魔大王が住んでいる、地獄極楽が存在するのでしょうか。それともこの世に降りてきて、現世の人に恨みを果たす足のない化け物たちが、我がもの顔で浮遊している世界でしょうか。

最近、臨死体験だとか言って、一旦息を引き取った人が息を吹き返して、あの世のことを語ります。その人たちは決まって、あの世は綺麗な花畑だと証言します。

白や赤や、黄色や緑。たくさんの花が一面に咲き乱れる美しい花園が、果てしなく広がっていると言います。

生きている者が、そんな創造をしている宇宙の世界の住人になってしまわれているK先生。厚かましく、長い手紙になってしまいました。お疲れになられたでしょうか。

ここまで、とりとめもなく書き進めて来たのも、結局は、現在の社会で小説を書くためには、どんな覚悟で書くべきか。何を大切にして、人々へ伝えていくべきか。確かなものを摑めないで苦しんでいる間に、先生を思い起こし、先生へ手紙を書いてみたくなったからです。

さきほどから、夜の闇が仄白くなってきました。太陽が昇ってくるのでしょう。もう、ここで筆を置かせて戴きます。それにしても世界一長い手紙になったことでしょう。

まるで、『ジャックと豆の木』のエンドウ豆が、地上から空に向かってどんどん伸び、梯子を掛けたように、私の届けたこの手紙は、宇宙から垂らすと地上に届くかもしれません。

K先生、この私の長い手紙に、きっと、先生は辛抱をしながら、最後までお読み下さったことでしょう。

ありがとうございました。それでは何時かきっと、宇宙の先生から返事が届くだろうことを楽しみに待っています。

かしこ

N・F

平成十四年二月十日

尊敬するK先生へ

# 島先生と「カレーの会」の人たち

そこは神戸元町にあるレストランである。南の空を遮っている茶褐色の、県庁ビルの前方にあるレストランである。入り口の頭上には半円形の明るいエンジ色のテントが張られている。遠くから一目で店の存在が分かる。ハルがその店の会食に通い始めて、もう十六年がこようとしている。

二〇〇二年（平成十四年）に作家島京子先生が、県の文化賞を受賞。その祝賀会に出席した。それがきっかけで、先生の会食への呼び掛けに素直に従い、加えてもらってから継続している。

島先生を囲んだ会食は毎週、木曜日の夕方六時から始まる。姫路からおよそ二時間かけて出席するハルにとって、通いやすい時間帯である。通い始めたころ、九十歳近かった姑さんを看ている身体が、負担にならないよう月一回の参加にしていた。ハルと違って毎週出席している人もいる。勿論提唱者の島先生は欠席しない。ある時など、出席者が居なくて先生が一人で食していた日があったとか。

そんな噂を耳にしたとき、ハルは一人で食事をしている島先生の姿が目に浮かんだ。頭の後部から毛を引き上げ、白髪が三分ばかり入り混じった頭のてっぺんで、蝶々結びの黒いリボンを載せて、ゆっくり食事をしている姿。そして、

「石井さんが、力を入れて建てたレストランや。客が来なくなって、つぶれたら、大変やで」

誰に言うでもなく、ぶつぶつ呟いていたことを思い出していた。島先生が言う石井さんとは、兵庫県内の教職員組合員が、優先して利用できる総合施設建築の提唱者のことである。そこはイベント用ホール兼レストランになったホテルだ。

教師から教職員組合の仕事に携わるようになっていた石井先生（島先生以外、皆は石井さんをも先生と呼ぶ）も、余程都合が悪くならない限り、会を欠席することはない。

世界遺産の姫路城がある市の最も西に位置する町からハルは参加している。電車にゆられて、遠方からはるばる参加している。ハルが会食に参加する幾つかの理由の一つに、料理がとびっきり美味しいということがある。

一口ステーキ、卵の厚焼き、グラタン、エビチリ、いつ食べても遜色なく裏切られたことがない。特にとんかつカレー、ビーフカレーなど、数種類あるカレーのメニューで、ハルが好む野菜カレーは天下一品のカレーである。

白米の上に茄子、人参、馬鈴薯、ブロッコリー、肉塊が新鮮な彩りで覆い被さるようにのっている。別に銀の食器に入れられてくるたっぷりのカレールーが、また辛くもなく甘過ぎもしない。さわやかな味がする。口にすると、「幸せって」いう思いが湧きあがってくる。

毎回ハルは野菜カレー以外の料理は注文しない。それでも飽きない。出席する日は、カレーを食べられる楽しみが頭を満たしてくる。

島先生は決まって、個人の注文以外に、みんなで分け合って食べる料理を二品か三品注文する。

「今日は何がええ？」

意見を求めながら注文をする。たいていその料理は厚焼き卵か一口ステーキ（サイコロステーキとも言う）かグラタンである。それらは出席者全員が小皿によそい分けて食べるのである。

最後に割り勘定にするから、遠慮なく自分が注文した料理以外にいろいろ食べる楽しみがある。カレーでない人は、スパゲッティとか、カツ丼、蕎麦、ピラフなどを注文している。他の人が注文した料理をハルは今まで口にしたことがない。が、どの品も盛りつけられている具がいい形をして、ほどよい色合いを保っているから、間違いなく美味しいに違いない。

料理長はレストランの建立を提案、実現に尽力した石井先生が、日本に名の通った神戸Oホテルの社長と、一九二三年（大正十二年）創業、神戸元町では老舗洋食店で有名な、Iグリルシェフの一番弟子をスカウトしてきたのだという。その話はずっと後で聞いたのであったが、その事を知ると「道理で美味しいはずだ」とハルは納得したのである。

最初に料理のことばかり列挙したので、ハルがその会へまるで会食を楽しむためだけに、行っているように取られそうである。しかし、それは後から付いてきた楽しみである。ハルにとってその会に最も魅力を感じるのは、短時間ながら心を豊かにすることができるということと、人生の達人と思える人たちに巡り会える楽しみがあるからである。

食事半ばになると、誰からともなく話題が提起される。話が盛り上がっていく。たいてい近日に起こった日常の事件であったり、イベントの話題であったり、時には政府の教育方針への批判であったり……。

教育問題に関係した話題になると、いかつそうに見える四角い容貌とはうらはらに、温和さと物事の判断の自信が滲み出る石井先生が、口角泡を飛ばして発言をしはじめる。石井先生は教職の現場を離れて、長年県の教職員組合委員長や、県の連合（労働戦線統一連合）の初代会長を背負ってきた人である。

およそ二十年以上にわたってリードしてきたそのどちらの組織も、二〇〇三年

（平成十五年）の六十七歳の春に、退任した身になっている。その身軽さ気軽さから、本音の教育論が無遠慮に警戒も無く吐かれる。そのゆとりを感じさせる姿は、石井先生の魅力を倍増しているようにハルには見える。

「ゆとり教育は、軌道にのりかけた段階で方針を変えてしまうから、何一つ実らなかった。そう言われてしもうても、しょうがないわなぁ！」

ハルは思う。修身だの英語教育だの、新しい教育の道が複雑で、国として新しい方針が確実に打ち出せないまま迷走している現代は、子を持つ親にとって不幸な時代にちがいないと。

文明社会での頭脳明晰な科学者や、政治家は、エレクトロニクスを中心とした経済産業に傾倒し、日進月歩でそれらを最先端と感じさせ世の中を発達させてきた。一般の人々はまだ更なる進展を望み励む。そのような世は、幸せな人と不幸な人を容赦なく存在させてしまうではないか。

一九九五年（平成七年）一月十七日の阪神・淡路大震災と、十六年後に起きてしまった二〇一一年（平成二十三年）三月十一日の東日本大震災の津波と、同時発生した原子力発電の壊滅による被害。

自然災害は予想を打ち出せなかったとしても、原発ははっきり人災だと断言できる。まして電気を生み出した後のプルトニュームの処理さえできていない。地下に埋蔵処理（処理場は満杯で困っているとか）を行っている。そんな現況は生活の利便性以上に不安と悲劇を孕んで、決して幸せな社会の構築に向かっていない。

そんな社会の動向に知識の浅いハルの胸にさえ、怒りをはき出す要領も、行動する勇気もない。不安だけが充満している。平凡な日々に思える日常であっても、たえず危険を満載した急行列車で走行しているような、落ち着けない胸騒ぎがしている。

これからの社会を構成構築するための若者の教育は、一体全体、人間の平和で幸せな社会を創造するための重要な位置に据えられているのだろうか？

ハルはいつか教育の先端で、それも教育労働運動で、一九八一年ごろ地域に開かれた教育改革を、地域レベルで検討していく運動。「情報化」「国際化」「地方分権」の理想を掲げて教育者を牽引してきた石井先生に、このことについて質問をぶつけたいと考えている。

しかし質問するタイミングは非常に難しい。教育に関係した肩書きを外し、天衣無縫の感じで、ほんのりと顔を染めてビールを美味しそうに飲んでいる姿へ、こんな堅苦しい質問などできるものではない。

むしろ島先生の文章を作る秘訣のような言葉に耳を傾ける方が、ハルには合っている。

島京子先生はもうかれこれ四十数年前に、『渇不飲盗泉水《かっしてもとうせんのみずはのまず》』という作品が、芥川賞候補にノミネートされている。しかし、高井有一氏の『北の河』が受賞したことで、島先生は受賞を逃している。が、島先生はその後もたえず文学への研鑽を深めることに、心を砕いてきているように見受けられる。そう、その文学への磨きを継続していることを証明させることが、ある日、突然起きるのであるが、そのころのハルには感じ取れないでいた。

しかし、

「あんなー、電車に乗っているときになあ、一生懸命言葉を探していて、ぴったり当てはまる言葉が見つかると、手帳に書き留めておくんや」

「言葉は大事やで。そこにはその言葉しか当てはまらない言葉があるもんや。書いていく間に何時間経っても思い浮かばんでも、いつか言葉は見つかるもんや。行は行を呼んで、つぎつぎと文章が書けていくもんや」

と。島先生が何時と言うことなく、たたみ込むように話してくれる文言は、文を綴るときの大切な定義にちがいない。ハルは島先生の何気ない文言を、こころの内側へ落とし込むのだ。


島先生が同人誌『VIKING』を牽引してきた何ともユニークで、人間くさい故富士正晴氏との思い出記『竹林童子失せにけり』、最も尊敬していた実姉の、鉄道事故で命を落とした鎮魂のための作品『木曽秋色』、国際色豊かな神戸の町を背景に、身近な人々へのメッセージ的『かわいい兎とマルグレーテ』など、これまでに上梓している著書は、書物によって浅学のハルなど読めない漢字が多い。漢和辞典を片手に調べながら読まなければならない。読み終えるのに時間がかかる。現在難解な文章の本は、読書を敬遠する若者が増えている。受け容れがたい状況を呈している。悪く言えば読んでもらえないのだ。

しかし、厳選された言葉と内容でつづられているからだろうか、時間がかかっても読み終えると島先生の書物はハルの胸を打ち叩いてくる。何かが残る。言葉では表現できない、心の隅が光るような何かが残る。魅力的な本として印象に残る。

神戸を離れることなく、神戸で作家として活躍する島京子先生を中心に始められたこの会食を、ハルは自分勝手に「カレーの会」と名付けて出席している。それがいつともなく、参加者に浸透して、「カレーの会」として定着したのであった。

会食には作家の卵らしい人、歌人に医師、市や県の職員、大学教授や画家、書道家、新聞記者など、島先生と何らかで繋がりがあって、かなり個性の強い人たちが参加している。その席で誰もが各人各様にしゃべっている。その雑談の中で、島先生の文学に対する姿勢を感じ取れるからこそ、ハルは遠方からでも参加しているのであった。

遠方だから、会食後神戸三宮駅近くの小さなスナックで開かれる、カラオケなど楽しむ二次会へハルは参加しない。それでも二十時ごろにレストランを出て、阪神電車で帰宅すると二十二時を過ぎている。七〇代後半になったハルの体は、会への出席はときに疲れを意識させられるが、通うことを止める気はない。

「カレーの会」はハルにとって、一番文学に近い土壌に立っていられるからだ。

文学と簡単に言ってみるが、幼少のころに不治の病とされていた肺結核で死んだ父が、小説家志望だったと父の友人に聞かされ、二十歳を過ぎたころから書くとはなく書き始めて、三十歳の結婚で中断し、その後の四十歳半ばごろから、子育てしながらまた書くようになったハルにとって、その化け物のように深い海は、人を迷わせ、苦しめるものでもある。

しかし、四十七歳で急逝した小説家林芙美子が、「何の条件もなく、三十円くれる人がいたら、まんまんとしたいい詩を書いてみたい」「いい小説が書いてみたい」と、貧しさの中で訴えたように、父が小説家を目指していたのだと知って以来、いつも、何をどう書くかという明確さのないあいまいさで「書きたい」という思いだけが、強くハルの胸に満ちている。

日常、時間があればハルは手当たり次第、いろいろな本を読んでいるのであるが、最近、ふと島先生の作品の中の『母子幻想』を読み返してみたくなった。読むと、以前にも増して、胸がずきずきうずいた。……このずきずきは、何なのだろう。女の悲しみが胸に食い込んできたからであろうか？

その作品が載る作品集は、島先生が所属している同人誌『ＶＩＫＩＮＧ』に発表しはじめて二十年以上経ったとき、故坂本一亀氏（音楽家坂本龍一氏の父）という構想社編集人に見出され、単行本として一九八一年（昭和五十六年）に世に出された作品集だという。

島先生は、『母子幻想』を出版する前は、『VIKING・SERIES』として芥川賞候補作『渇不飲盗泉水《かっしてもとうせんのみずはのまず》』を含めた『夜の訪れ』という小品作品集を、上梓したのみだったらしい。四十五歳だった第二作品集として坂本氏に促されて出版した『母子幻想』は、離婚をした女の耐えがたい苦しみで固まった心理の矛先が、同情を綯い交ぜて、ハルの胸奥の血管を砕くばかりに突いてくる。たとえば、作品集の中の、

「濡れ衣裳」という作品の一節を書き出して見ると、

――若子にしてみれば、伸三と別れるのは濡れた衣裳をぬぐように自然なことではあったが、いまになってその理由をいちいち箇条書きにしてみても、それは薄弱で影のうすいものでしかなく、たとえ不本意な掻爬を三度もやらされたと申し立ててみても、それが夫婦の別れる申し分のない理由だとは思えない――

それは如何にも客観的に離婚について描写をしているが、そこには男性の女性に対する封建的な蔑視が、経験のないハルの肉体さえも、締め付けながらふんぷんと

匂ってくる。

不本意な掻爬を三度もやらされるなど、女性にとって、耐えられるものではない。しかも、もうあの世の人であるとしても、存命中は世間では哲学を語り、天才と言われる知的な男性が家庭の密室で妻を抱擁した快楽後の掻爬の要求は、何と野蛮なことだろう。この追い込まれていく、「悲しい」と、一言で言い切れる悲愴な状況は、女性に離婚を決意させないではおかなかったのだ。

例え、少年ざかりの息子が父親を必要だと願ったところで、まして将来の生活に確実な成算があった訳でもないのに、離婚を決意した女。島先生の投影と思われる女は、何とさまざまな内職をこなしていったことか。

輸出向けの釣針加工やクッションの刺繍、ゴム草履の仕上げなどの内職の仲介業や、内職情報というガリ版刷りのパンフレットの発行、あいまに思いつきのように、内職についての感想を綴ってあちこちの新聞に投書する。

ハルは「濡れ衣裳」のこの部分に目を通しているとき、胸をしめつけてくる憐憫と共に、何故か心の内部に相反する愉快さと爽快さも覚えたのだ。悲愴を崩して愉快な感情を喚起してくるこの現象は、どういうことだろう。

こうして語られた逞しい行動は、第三者には滑稽に映るのだ。またそこに島先生を作家へ導入していく前兆を、表面へ滲み出したという事実を発見し、ハルは「あっぱれ」と声援を送りたい気持ちにさせられたのだった。

収入を得るために女性が起こした行動も、何とユニークな、普通の女性が考えつきそうもない知恵が働いていたことだろう。哀愁を感じさせながら、その女性が起こした行動は、やはりハルの腹の底から笑いを湧き上がらせてきた。

——そのまたあいまに新手の内職開拓のため中小の事業所に顔を出し、製造するものによっては、作業員をふやすより家庭の内職にまわした方がトクだなどと事業主の肩をもつようなことも喋る。また小さい庭の半分をつぶして小鳥小屋をつくり、セキセイインコや十姉妹をあわせて七、八十羽も飼育していたが、これがちかごろの物価高の恵みを受けて、バカにならぬ値段で売れたから、日に幾度かは小鳥小屋の前に立ち、内部の様子をじっと油断のない眼つきで眺めなければならない。——

男の不本意な性欲に弄ばれ、離婚をした女。「カレーの会」の中心にいる小説家は、子どもとの生活を維持していくためとはいえ、何と猪突猛進で、収入を得るために必死で労働に身を投じていったことだろう。

今は医療のことであれ、高齢社会のことであれ、侃々諤々と言わないまでも、色々意見が交わされる「カレーの会」の中心で、少女のようなあどけなさを残す丸い目で、涼しげな顔をして座っているとしても、決して雄弁ではない朴訥な島先生は、生きるためにはどんな仕事でもやってきた、という勇敢さを体の見えない部分に潜ませている。

いや、作品に作者を重ねてしまうことはあまりいいこととは思えない。まして物語の主人公を小説家本人として、同情したり感嘆することもいいことではない。ハルはそう思いながらも、ことばの持つ力に心の底が熱くなり、作品の主人公と島先生本人とを重ねて思いを傾けてしまうのだった。

「離婚するのに長いことかかり、離婚してから慣れるまでも、三年ぐらいかかりましたわ」

ハルの真横に座って、島先生がワイングラスをゆっくり口へ運びながら、昔を思い出すように、ぼそりと、洩らしたことばは、錘を持たされて海へ沈められて行くようなおもおもしい感情を、作品の記述を蘇らせてハルの脳裏に伝えてきた。

ハルは思った。もし、島先生のような状況下にいたとしたら、読む者の心を引き裂いていくばかりの、痛々しい「濡れ衣裳」の作品のような、自分をさらけ出して書く勇気が持てただろうか。また作品を発表して、世間がこの作品を注目している間、この小説家を苦しめ続けてはいなかっただろうかと。

六十歳代だったころの島先生は、地方のK新聞が読者とともに作る「読者文芸欄」を、一九八六年（昭和六十一年）から募集を始めたその小説やエッセーの選者であった。その選者の他にM新聞社、地方雑誌などの依頼文、そして自身が在住する県や市が制定する「文学賞」の選者も引き受けていた。現在もそれらの仕事を継続しているものもあるらしい。

十年後の七十歳代になった関西の小説家としての島先生は、平成五年に「ナビール文学賞」を創設した。

近畿圏の同人誌に発表された小説家、詩人たちの作品から優秀な作品に与える「ナビール文学賞」。

その賞はH県教職員組合委員長で、文化芸術に深い理解と寛容のある石井亮一氏の協力を得て実現した。組合員の拠出金を財源に当て、兵庫県教職員組合が主催するという、めずらしい文学賞の創設であった。

新設された「ナビール文学賞」は関西の文学を志す者たちには、大きな希望に繋がったことに違いない。しかし、必要経費の調達の困難さと、教職員組合の緊縮財政のもとで、賞は十三年間で打ち切られた。

その後島先生は新たに文学賞を立ち上げるために呼びかけている。それが自分の使命だとでもいうように。

石井亮一先生をはじめ、大塚滋氏、三田地智氏、竹内和夫氏、舟生芳美氏、野元正氏、森榮枝氏など作家の面々と「編集工房ノア」涸沢純平氏が加わり、二十人ばかりの準備委員の組織ができ、「エルマール賞」が創設されたということだ。

このころ日中文化教育経済関西交流協会理事長などを引き受けている石井先生は――労働運動に身を置くようになって約四十年間、そのときどきに書いたもののうちから主なものを集めて本に致しました――と後書きに書かれているように、『東奔西走』という子どものころからの自分史的作品を出版し、写真が得意なことから国際交流関係の写真集も出版するなど、多忙をきわめて奔走していた。その上で石井先生は、新しい文学賞を立ち上げる島先生の提案である「エルマール賞」準備委員会の進行役を務めたという。

最初の、「ナビール賞」は、フランス語で「船」を意味し、「音もなく地下を流れるものこそが純粋な文学」という趣旨に沿っている。その辞世は、島先生がK新聞文芸欄の選者を共にしてきた、フランス文学を教える神戸大学教授であった小島輝正氏のことばであった。

昭和六十二年にK新聞社の「平和賞」を、病院で受け取って間もなく大病で亡くなった小島氏は、生前地方の同人誌に目配りをしてきた人であった。その小島氏の思想を反映した「小島輝正文学賞」が設立されていたが、基金の継続が困難になって四年で終了をしたことを継ぐようにして、「ナビール賞」が創設されたのだった。その「ナビール賞」は十三年間で、先に述べたような経緯があって廃止に追い込まれたのだ。その直後に「エルマール賞」が創設されたことになる。

「神戸エルマール文学賞」は石井先生の力強い応援を得て、行政や企業を廻って基金集めに奔走したという。同時に同人誌の人びとに、同人雑誌に拠る作家たちの活動を支援するという主旨で、基金と維持会費を呼びかけた。そういうプロセスを経て、二〇〇七年十月に新たに「神戸エルマール文学賞」が誕生したのだ。

島先生の「文学者を応援する」という深い思い入れで創設された文学賞の流れは、

小説『静かな学校』で芥川賞候補にノミネートされ、島先生と共にＫ新聞が読者とともに作る「読者文芸欄」の選者を務めた作家竹内和夫氏の『酩酊船　冬の海図』という著書に書き記されている。

故竹内和夫氏自身もこの賞の設立に関わってきた経験者として、文学賞設立の流れを詳細に書き示している。ハルはその著書から関西の同人誌に寄せる、文学者たちを奨励する「エルマール賞」のことを詳しく知ることができたのだ。

「エルマール」とはスペイン語で「海」を意味し、神戸から文学の海へ船出する人たちを励ます願いをこめ、「神戸から新しい文学の風を」というモットーを掲げ、設立されたのだ。

こうした賞の創設に向ける熱い行動力は、石井先生の協力があったとしても、七十歳代に足を踏み入れた島先生の何処に潜んでいたのであろう。

子どもを育てるために、知恵を絞りながら労働をしてきた体験があったからこそであろうか？　関西に居を据えて、ただただ文学を志している自身の深い思いが、誇りが、島先生をじっとさせては置かなかったのであろうか。

ハルは、「カレーの会」へ行くたび、自身が文学に邁進するだけではなく、文学の門戸を広げる努力をしていく島先生をまぶしい思いで眺めるのだ。白髪が少し目立ってきているが、おおげさではなく、目も鼻も、口元も、こぢんまりした可愛さで整っている美貌の島先生を、いとおしく思うのだ。

本当なのであろう。小学生のころの自分は「あかんたれ」の見本のような子どもだったと、島先生は言っている。

絶版になって求めようもなかった、芥川賞候補になったという『渇不飲盗泉水』を、島先生に頼み込んで、やっと借り受けてコピーを取って読むと、あかんたれのことが記述されていた。（この作品は『雷の子』平成二十六年、編集工房ノア刊に収録）

小説『渇不飲盗泉水《かっしてもとうせんのみずはのまず》』に登場してくる姉の知恵袋の発揮される行動は、あっぱれで愉快、たのもしい限りなのだ。が、その姉と比較することで、島先生は自分の意気地無しの「あかんたれ」を意識していたのだ。

新学期になって、小さい頃の島先生の家庭が困窮をし、新しい教科書も買えない事態になって休学せざるをえなくなった際、姉はすぐに見極めて職業安定所へ出かけて行ったという。

それを知った父親は「なんたる恥知らずなことをしでかすのだ。貴様は真人間じゃないぞ、学校へゆけなくなったからって、学問ができんわけがあるか、朝に道をきかば、夕べに死すともかなり、ということはお前たちも学校で教わったろう、なぜ家にいて勉強しようとは思わんのだ」

と、したたかに姉を撲った。その上、電灯もない一室に閉じ込めてしまったのだ。それでも気折れしなかった姉は、友達と果樹園に忍び込み、巴旦杏をもいできたり、無花果を空き缶に入れて帰ってきたりするのだ。それを末の妹が父親へ漏らしてしまう。当然、儒学者のプライドの塊のような父親は、ヒゲをふるわせて怒鳴った。「なんたる恥知らずなことをしでかすのだ。すぐにいってあやまってこい。わたしは果樹園にはいって、これこれのものを盗みました。以後は決して致しません。とあやまってこい」

妹の心配をよそに、出かけて帰ってきた姉は、「おとうさま、果樹園の人はどこにもいませんでした」と言う。

姉の知恵はいつも意表をついた。大胆なこの姉につきまとう島先生を思わせる正子は臆病もので、とても姉のまねはできない。実に情けない「あかんたれ」であったという。

また、「カレーの会」で島先生が、ときどき、食事をしながら箸を止めて、遠くの空間を蘇らせるような眼差しで、

「母親は、かわいそうで、かわいそうで、ほんまにかわいそうやった」と。ハルはそれが、気になり、どのような可哀想さか知りたいと思っていた。日毎にその思いがハルの胸に募っていた。

それは、『渇不飲盗泉水』の作品中で如実に語られていた。島先生はこの作品に、母親のことを涙しいしい、書き進めたのではあるまいか。何度も何度もペンを止め

ながら。

内務省の切れ者と言われて、華々しい業績を残した外づらのいい儒学者を父に持った姉妹は、貧困生活のなかでも何とか逞しく生きていくが、姉妹の母親武子は、――こうまで自分を犠牲にし、尽くさなければならなかったのか。精神を病むほどに追い詰められ、口答えすれば、

「まだ黙らんか、黙れと一度言ったらなぜ黙らんのだ」

怒声を発して、うしろ髪を引きずられ、顔面を鈍い音を立てて撲りつづけられる。

また、ある日は、

「鉄格子の中に閉じこめられたいのか、死ぬまで鉄格子の中におりたいのか」

息を殺して窺っている子供たちは、この儒学者の父の言葉のもつ陰惨な響きに脅かされる。

「殺してもあきたらぬやつだ、貴様は」

のびのびした肢体をもった白い芙蓉のような感じの母親の武子が、髪を摑まれ無

惨に弄されているさまは、どう見ても父親の方が異常である。声の威嚇のきかなくなった妻を黙らせようと、拳で顔や頭をせっせと打つ。そのひと打ちひと打ちの激しさは、見ききするものの魂に喰い入って離れぬあくどさをもっている。それは明け方までつづくこともあった。――と。

どうすることもできない、父親の暴力的醜態を目前にした、こうした家庭環境で育ってきた子どもは、普通の精神を持ち合わせて成長するものであろうか。

明治時代の典型的な利己主義で厳格な男を父親に持ち、母親が暴力で痛め付けられる姿を目にしながら成長してきた体験者は、物怖じし、いじけた暗い性格を自身の無自覚の内に、人前へ晒すのが普通ではあるまいか。

読まなければ、このすさまじい体験をしてきた人とは思えない、穏やかさを見せて、島先生は「カレーの会」に座っている。八十歳後半を歩み始めた、少しばかり、背にやわらかな丸みの線を感じさせる姿で座っている。

現在なら、こうしたドメスティックバイオレンスは世間で厳しく取り締まられ、批判されるであろう。たとえ父親であれ夫であれ、恋人であれ、社会が放ってはいない。しかし昔はこうした家庭的暴力は見逃されてきた。まして家庭の内部のことを外部に出すことを恥じて、耐える美徳がよしとされていた時代だった。

島先生が父親のこうした行為を、吐露するには、どれほどの勇気がいったことだろう。そして、勇気を持って、いや書かないではいられない思いに突き動かされて書いたことで、今こうして「カレーの会」のシャンデリアの淡い光の下で、ふと、彫刻家によって造られた菩薩像ではあるまいかと思わせて、ほほえんで居られるのではあるまいか。

四十代になってこの作品を書き上げたことで、救われようもない、暗く重い、苛酷な体験のすべてを洗い流したに違いない。その時点で作家は、心の安らぎを得ているにちがいない。ハルの推測はいつまでも続いた。

そしてこの島先生の金字塔と断言しても不自然とは思えない『渇不飲盗泉水《かっしてもとうせんのみずはのまず》』という作品は、文学の神髄をハルに伝えて、今までにもまして「書きたい」という思いを激しく喚起させてくる。境遇は違いこそすれ、心の深くに感じた共鳴は、しばらく琴線を打ち鳴らして止まないのだ。

「カレーの会」にやって来る人は、たいてい、何か、話を持ち出してしゃべるのであるが、大野まさえさんはいつも人の話を聞いてニコニコしている。それでも、この会に出席することを楽しみにして来ているらしい。何でも、大野さんの旦那さんは会計士で、自身も手伝っていたとか。

それはもう十年ばかり前のことで、六十代の夫の病死で権利を他人に譲って事務所をたたんでしまったとか。その後大野さんは芦屋のA新聞社が開くカルチャーセンターで、島先生が指導するエッセー教室へ通うようになったらしい。そのエッセー教室は定員があって、順番待ちをしなければ入会出来ない人気のある教室だと、大野さんは言っていた。

年に一度その教室の生徒たちが発行する「あめんすい」というエッセー集を貰っ

たが、そこに発表していた大野さんの作品は、小柄で痩身の、物静かで控えめな大野さんその人を映し出して、写真の撮影会に参加した一日を、のどかな時間を感じさせる内容で綴っていた。

ハルがおこがましく感想を言うと、眼鏡を掛けた目を細めて、「私の作品、読んで下さったのね。恥ずかしいわ。でも、ありがとう」と、消え入りそうな声で礼を言うのだった。

その後大野さんは、平成十六年八月にK新聞の「読者文芸」のエッセーに『夜景』という作品が入選していた。

「カレーの会」にハルが参加する前からの人で、造園家で神戸の町の公園緑地や街路樹のプランを手がけた神戸市職員を今は退職して、「神戸エルマール文学賞基金委員会」の事務局長を務めるN氏がいる。

N氏は神戸市建設局公園砂防部のとき、公園緑地計画の一環として「花を巡る文学散歩」というA3号用紙の折りたたみ式冊子の発行に携った。

造園家の知識を生かして、花をめぐる文学散歩でもある。

例えば、垂水区（塩屋、東垂水、舞子など）を取り上げた冊子は、ゼラニウム、酔芙蓉、石楠花、サザンカ、月見草、かむろの松と文学作品と関係する花を掲載している。

取り上げられたユーモア作家獅子文六は詳細な略歴と『バナナ』という作品の内容が詳しく書かれている。その上、物語に関係のある移情閣と文学碑の写真が掲載されている。『平家物語』の舞台である塩屋の「源平塚」など、現在の情景が明晰な筆致で描写され、写真入りで親切な説明が付されている。その他、サマセット・モーム『困ったときの友』の世界、志賀直哉の「暗夜行路」、竹中郁の「私のびっくり箱」など、用紙に極小文字で、ぎっしり情報が豊かに詰め込まれている。読み応えのある魅力的な冊子だ。

その他灘区、長田区、兵庫区、垂水区、神戸三宮など全区のゆかりのある「花」と「小説」など、が写真でミックスされて記載されている。

よく歩き、よく調査し、よく理解した上で作成されている。N氏の几帳面さが伺える感動させずにはおかない冊子だ。その冊子を携帯して神戸を散歩することで、神戸の町の全体が、脳裡に深く自然と浸透してくるに違いない。

N氏が第三回「エルマール賞」を受賞した『飴色の窓』という作品は、男の切なさがひしひしと伝わってくる。

作品を簡単に説明すれば、

市職員として仕事のストレスに悩む主人公は、家庭でも幸せを演出することに不器用である。双子の後に生まれた次女を、助かったかも分からない怪我で死なせた。それが原因で妻と歯車が合わなくなる。十八年間という長期間の家庭内別居状態を余儀なくされる。

通勤途中の人身事故で列車が停車。列車から見る飴色の風景を通して、主人公は現実と幻想を交錯させながら、物語を進行させていく。過去の恋人への恋慕、職場の若い女性への淡い慕情、断ち切れない男の優柔不断な日常は、居場所を求めて彷徨する。

悩める主人公に原っぱに捨てられた椅子が、自身の居場所として、執拗に要求する自分がいる。本来持ち合わせている主人公の優しさが、妻への歩み寄りを模索していく。

象徴として描写された『飴色の窓』という題は、主人公が幻想の中へ融合していく自然さを巧みに表現している。

その本はN氏の四冊目の出版である。

N氏はK新聞同人誌評欄をはじめ、いくつもの文学講座講師を務め、造園学、環境デザイン、そして自身も同人誌の編集長でもある。

N氏は体格ががっちりして、疲れを知らない人に違いない。活動範囲が驚くほど広い人である。

ハルがたまに、N氏にファインダーを向けて映そうとすると、

「僕は写真いりません。カメラが壊われます」

と、はっきり拒否される。いろいろのお祝い会や記念行事は、写真に残すことで記念になるからと、ハルは行事が行われる際に必ず、写真機を持参する。知人を撮ると、後日、当人に届けることにしている。それも写真を趣味にする夫が、ハルの

映した写真を、パソコンで拡大現像してくれるからである。

N氏はイベントの総合的手配は誰にもひけを取らない。大勢の参加者が集う催しでも、混雑することはない。スケジュールが時間通り進行し、予定通り終了する。N氏のこうした手腕はだれもが認めている。キビキビと行動する姿を、ハルは尊敬の思いで遠巻きに眺め、N氏が意識していない間に映すのである。

しかし、N氏はいくら記念にして下さい、と言って渡そうとしても写真を受け取る事はない。そんなN氏に向かって、

「兄弟が美男美女の家庭でしょう？」

ハルはつい、そんな言葉を滑らせてしまった。ハルは姉妹で一番容貌が劣っている。常に、コンプレックスに悩まされてきた自身の境遇を、N氏に重ねてしまったのであった。

「そうやな」

N氏は軽くあしらって返事をかえしてきた。ハルは助かったと思った。自身に重ねて言ってしまってから、申し訳ない気持ちで萎縮し、怒られても仕方ないと思っ

ていたからであった。

N氏は最近「カレーの会」への足が遠のいている。各種の重責で時間の余裕が無くいのかもしれない。

祖父が外国人らしいという目鼻立ちがきりりとして、顔の輪郭がはっきりした作家草葉達也さんなどは、宝塚歌劇一〇〇周年記念誌やPR誌を編集している。ハルが参加する以前から「カレーの会」には、よく参加していた人らしい。

子息次男が、ジャニーズに入団するためのダンスのレッスンに励んでいるとか。

「可愛い息子さんや。ほれ」と、

草葉さんが持って来た子息の写真を、何度か島先生に示されハルはそのつど見せてもらった。ジャニーズのオーディションを受けるために、ふさわしいスタイルと若さに溢れた色白の青年だった。長男は医学生だという。

平成二十六年の宝塚歌劇一〇〇周年記念行事は、K新聞など毎日のように特集で、生存している過去の大スターなどもインタビューし、特大のカラー写真で掲載していた。舞台も現役のスターにＯＢを呼び込むなど、華々しく行われていた。そんな行事で草葉さんは、非常に忙しそうだった。

草葉さんとは、「カレーの会」終了後ラッセホールを出て、高層ビルと隙間無く軒の並ぶ商店の灯を浴びながら、元町駅へ向かう事があった。乗車時間を気にしつつ、無名の者が書いた作品を発表させてもらう機会は、ほとんど無い。神戸はまだ姫路に比べると書かせてもらえる依頼があるのではないかなど、作品掲載の機会の有無など、話しあったことが懐かしく想い出される。

現在、草葉氏は小説の創作より大学講師が多忙で、今回新開地に開かれる落語の「繁昌亭」の役員を務めることになったという。

ハルの以前からの参加者で、おおきな目が優しそうで、貴婦人を思わせる白髪の駒井妙子さんは、若いころ短歌同人誌の主宰者であったとか。『桜は今年も咲いた』という八編の短編集を出版している。九十歳を過ぎても、島先生の近くに住まいがあって、先生と同乗のタクシーで毎回参加していた。さすがに高齢だ。最近病院通いが多くなって、間遠くなっていた。また元気になって姿を見せられると思っていた。が思いが届くこともなく、ハルが出会って間もなく、あの世へ身を移されてしまった。

「カレーの会」のメンバーは、ときどき入れ替わっていくが、島先生の文学の同志と言えるだろうか、小説を書いてきた八十歳を超えたK・Kさんも、最近血圧が正常な限り、「カレーの会」を休んだことがない。

数年前までスナックのママだったK・Kさんは、三宮の路地裏の、十人も座れば一杯になるような小さな一室で、スナックを営んでいた。そこは芸術家が好んで店を訪れていたという。島先生もそこの常連客であった。

ハルは一度だけ島先生に伴ってその店へ行ったことがあった。が、男性的な体格のK・Kさんとは別に、歌舞伎の玉三郎を思わせる上品な女性がいて接待をしてくれた。

下戸で飲めないハルはその日、「ここに幸あり」を歌うと、順次に歌って賑わっている最中に店を出、ネオンが煌めく夜の町を後にした。ハルがその後、訪ねない間にその店は閉店されてしまった。K・Kさんが高齢になったことが理由であったという。

瀬戸内海に浮かぶ小豆島で生まれたK・Kさんは、同性愛者であったのだ。匂うような、透き通った白い肌の女性と学生時代に恋に落ち、同棲を始めたのだ。その女性と店をやりくりしながら、K・Kさんも神戸で小説を書いてきた。

スナックを営みながら書いたK・Kさんは、織田作之助賞に入賞していて、小島輝正文学賞や神戸市文化活動功労賞など、地方の文化賞をいろいろ受賞しているようであった。

店をたたんでから、スナックのママK・Kさんは同棲の女性と一緒に、タクシーで「カレーの会」へ姿を見せるようになっていた。杖をつく相手をいたわるようにかいがいしく、世話をする男装のK・Kさんは、男性的な責任をいつも女性に果たしていた。

グラタンのような料理を食べるときは、スプーンで掬って、口に入れてやるほどであった。若い頃は人目を引く美人だったことだろう。本当に、透き通る肌と、なよっとした細い姿は、山百合が風に揺れているような、はなやかな弱さをハルの目へ映していた。

その相手はK・Kさんよりいくらか年上だったとか。一昨年、老衰で亡くなったとき、K・Kさんは島先生に非常に嘆いたという。

「Kさんは、『かわいそうなことをした。かわいそうなことをした』と私に言うのや。それで、どんな可哀想なことをしたんや、言うてみ、と言って聞いたら、『よう、殴った』と言うんや。それを聞いて、やっぱり、Kさんは男やった」と思い知ったという。

また、最愛の同棲愛者を亡くした後で、『ガラスの愛』という同性愛の告白の作品を上梓したK・Kさんの本を読んだ島先生は、「男に生まれたかったのに、女に生まれたばかりに苦しんだんやな」と、言い、言い、K・Kさんを、気の毒な人やと同情を深めていた。

つれ合いを生前ひどい目に合わせたからと、悔いが残ったK・Kさんは、毎朝、毎朝、般若心経を一時間ぐらい読むことで、許しを請うているのだと言って、半年ばかり「カレーの会」へ姿を見せなかった。

最近は誰よりも先に来て、レストランが「カレーの会」のために、いつも同じ場所を予約席として空けてくれているテーブルに座るようになった。宝塚歌劇の男装の人を思わせて、ネクタイを締め、粋な帽子を斜めにかむって、後から会食にやってくる人を待つようになった。

「小さい頃からの同性愛を書いた人は、Kさんが初めてとちがうか。『ガラスの愛』の作品を読んで、同性愛者の苦しみがよう理解できたわ。同じ苦しみを持つ人は、あのKさんの告白で救われると思うわ」

島先生はK・Kさんの勇気を讃えていた。そのK・Kさんはその苦しみを、世に発表したことで、苦悩から解放されているに違いない。濁りのない目で会話を楽しむK・Kさんを、ハルはそっと、見つめることがある。

「カレーの会」で最も若い人は、K新聞記者のHさんだ。彼女は酒豪と言える。ワインが特に好きらしく、いくら飲んでも酔わないらしい。足を取られることもないらしい。島先生や石井先生が、娘のように可愛がっている。若いのに文化部のデスクの仕事をこなしているとかで、よほど時間が取れない限り顔を見せることがない。

スタイルが抜群にいいから出来るのであう。毎回人目を引くモダンな服装でやって来る。長髪をばっさり切ったかと思うと、金色に染めて皆を驚かせたり、スカートはロングであったり、ショートであったり、派手な色合いだったり、地味な色彩だったり、流行ではないオンリーワン的な服装でやってくる。

遅くなると、「ごめーん。遅くなってー」と少女のような可愛い目と声で、謝りながら席に着く。

最近、神戸の老舗の大型書店が閉店をした。閉店が決まってから、H記者は、丁寧に、最後まで、その書店を取材し、何度も報道して復興を願った記事は、人々の共感を呼んだのにちがいない。

もはや十年前になる。ハルはK新聞の、「読者文芸」欄に応募し入選したエッセー数点を纏めた作品集『やさしい人』を上梓した。その際、幸いにもK新聞の「ひょうご選書」欄に取り上げられた。その解説文をH記者は担当してくれていた。解説の端的な文章は、ユーモラスで味があった。着こなすオンリーワン的服装と同様、H記者の性格がもろに滲み出ていた。誰も真似ることの出来ない文章であった。

「文章上手やから、作品集出せって、はっぱかけてるんやけど」

島先生がよく私へ告げるのであるが、本人はいつも、恥ずかしそうにしてはぐらかしている。

最近のH記者の関心は、スマフォに映し込んだ生まれたばかりの姪にある。目がパッチリと、思わず、ほほずりしたくなるような、色の白い愛らしい姪だ。傍に居合わせる親しい人に姪の映るスマフォを見せて、

「可愛いやろ！」

と、同調を求めて止まない。どうしょうもない溢れる姪への愛情を吐露しては、

東京在住の姪に会えないことを悔しがっているのだ。

ハルは月に一度の参加であるが、最近その一度の参加で、よくお会いするのがM・Sさんだ。

M・Sさんは東京生まれで、十二年後に九州へ移住された。九州在住のころに長崎民友新聞社学芸部記者をされていたようだ。その後結婚して神戸の人になられたのだ。

女二人、男一人の子どもに恵まれ、末娘の育児が離れた四十歳も過ぎて、文芸に関わる生活が始まったという。文芸同人誌の「ひのき」編集責任者を契機に、いろいろ作品を発表されるようになっている。

神戸市民文芸「ともづな」記録文学部門一席、『モルダウ川のさざ波』ではブルーメール賞を受賞。

その他幾つかの賞も受賞。発表された文芸作品は、たいてい受賞されている。

よく書いていたころは、新聞や雑誌の批評欄に取り上げられ「作家賞」入選にもなったことがあると、M・Sさんは懐かしまれる。

そして大阪女性文芸協会理事、兵庫県日本ロシア協会理事をと、時間的制約がある日々の中で作品を書かれている。

『ミカン水の歌』のような戦時中の生活を匂わせながら、情緒を崩すことなく書き上げた作品は、M・Sさんの人柄が余すこと無く文節から浮き上がってくる。ハルを感動させる。

平成二十四年（二〇一二年）には、戦中の中国での体験、小企業で働く人たちの思惑、自己の子宮筋腫の手術体験などの作品を一冊にまとめた『麦わら帽子』を出版している。

主人がその本の表紙の出来具合を見て、完成も間近に息を引きとったのだと。M・Sさんはしんみりと語っていた。

M・Sさんは八十代半ばになっているという。いつも身綺麗にして、ニコニコしながら会話に乗ってくる穏やかな人だ。「エルマール賞基金委員会」の副理事長で、行事のときは受付など何かと庶務的な用を引き受けられている。「カレーの会」のその日その日の会計も引き受けてくれている几帳面な人だ。

ハルがしばらく欠席している間に、山登りを趣味としていたMさんが、思いがけなく癌で亡くなっていた。京大理学部という高学歴の人であったらしい。痩身で背が高く顔も長い、言葉少ない人であった。しばらくして、その人の夫人で書道の指導をしている人が参加するようになった。その夫人に、

島先生が「あやちゃん。あやちゃん」

と、伴侶を亡くした寂しさを慰めでもするかのように、よく声を掛けている。

このMさんの夫人は必要なときは、自分の意見をはっきり発言するが、どちらかと言えば似たもの夫婦で言葉少なく控え目な人だ。

その少しあとに、同席の人に使って下さいと、墨筆でさらりと、絵を描いた封筒を持ってくるギャラリーのオーナーさんも、姿を見せるようになった。が、半年も過ぎたころから姿を見せなくなった。

「カレーの会」へやって来るメンバーの中には、西川さんや太田垣さん、そして大野さんのように島先生のエッセー教室へ通う「あめんすい」同人の方たちがいる。西出郁代さんもその一人だ。西出さんは最近『また会える、きっと』という著書を上梓した。教授であった神戸大学を退職して書く道へ入られたようだ。彼女も思い出したように、「カレーの会」へ姿を見せる。

彼女の父と双子である伯父さんは、人間国宝に認定された西出大三という截金《きりかね》製作者であった。明石市文化博物館でその人の截金展示会があった。案内を西出さんからもらった島先生と「カレーの会」の参加可能な数名で鑑賞させてもらった。

その截金作品を観覧しながら、ハルは日本人の物作りの繊細さと根気のよさに加えて、日本独特の深い美意識が保持された作品の数々に、今更のように、感動を覚えながら時間の経つのを忘れた。

西出さんは海外生活の経験者だ。書かれる作品には光が満ちている。大学名誉教授の肩書を持たれている人と思わせないざっくばらんな小柄な人で、人との繋がりを非常に大切にされる。私もそうありたいと思う。

ハルは一度限りであったが、医者で作家の久坂部羊氏が参加されている時に、隣の席に座らせてもらったことがある。あの日、ハルは何を発言したか思い出せない。しかし、その日は高齢化社会のことが話題の中心だったことは確かだ。

その後日、久坂部氏が『廃用身』という話題作を発表していた事を知った。

それから間もなく、氏の『破裂』という作品のドラマをNHK放送で見た。

『破裂』という作品は、心臓疾患患者を如何に延命させることができるか。その薬の開発を巡って、医療部品製造中小企業を巻き添えにし、医者同士の戦う世界が、ショッキングな展開で描かれているドラマであった。

「カレーの会」で会うまでハルは、久坂部羊氏を全く知らなかった。

「有名になって、今、書くのに忙しいやろ」

島先生が少々無遠慮な声を掛けた。その人はそれに介する様子も無く、眼鏡の目が笑っていた。淡い光を載せた薄い頭髪が、温和な人格を象徴しているように感じさせた。

後日久坂部氏の『廃用身』という作品を、島先生に借りて読んだ。その作品は脳出血や脳血栓で、半身不随になり、機能を喪失した手足を切断し、身体を身軽にすることで、脳の働きを良くし、認知症を防ぎ、介護する人の負担を軽減する。という理想を提言した内容であった。

医者の知識を最大限に生かして、久坂部氏は是か非か。高齢社会のこれからのあり方を問いかけている。十数年も前から一般市民へ、過激なメスを入れて問いかけている。

ハルはできる事なら、久坂部氏が「カレーの会」にまた、姿を見せてくれるよう願っている。質問をしたり、教示を仰ぎたい事柄、特に、延命治療が蔓延している社会についての疑問が、胸奥に溢れているからだ。

「カレーの会」は島先生と石井先生の、知人から知人へと繋がった人たちが、入れ替わり立ち替わり自主的に席を埋めていく。シャンデリアの淡いひかりが溶け込み、美味な軽食に軽いお酒が皆をなごませるひととき、いつも「カレーの会」の話題は絶えない。

そして、大風が吹こうと大雨が降ろうと、また、どんなに寒い日であろうと、「カレーの会」が休みになることはまずない。

暮れも押し迫っていたこともあって、その年の「カレーの会」は、出席者が数人であった。

やや寂しい「カレーの会」であった。ハルはいつもの野菜カレーを食べていた。その矢先、驚いたことに、突然、島先生が本を出版すると発言した。戦時中の疎開先で知った一人の女の子の成長していく人生を、長い間胸に温め、追い求め、書きためていて、作品に書き上げたのだと言った。

完成まで一切、公言することもなく、きっと芥川賞を逃した直後ぐらいから書き始めていたのではないか。

――陰を通じて知覚する感受性は、二十世紀の人間たちが疾うのむかしに鈍らせてしまったものではないか。無限に深い神秘感も、未だに新鮮に驚嘆すべきものとして、健やかに維持させているのが美々子だ——

と綴って、生まれたままの自然体で、自由奔放に恋をし、つぎつぎと男を求め、放電現象を起こすように、男と交わって生きた一人の女性。生の根源を突きつめた物語を、島先生は完成させたと言うのだ。

たまたま居合わせた数名の誰もが、実年齢を聞いてびっくりした八十八歳の高齢で本を上梓するのだと。

強い春一番が凪ぎ、ひかりもあたたかい。ゆるんだ水が流れる小川沿い、地平まで続く線路沿い、大きな公園や小さな公園の周囲など、どこを見ても彩っていた桜並木から、風がふくたび花びらが地表へ吹雪いて舞い落ちた。あっと、驚いているあいだに、そこかしこ、夢を描く小宇宙を思わせて地面が華やいでいた。

美しい季節であった。石井先生たち十人ばかりの呼びかけで、島京子先生の文部科学省の地域文化功労者賞を受賞した祝と、奔放に生きた女性を描いた作品『雷の子』の出版記念会が、「カレーの会」の会場でもあるレストランの二階のホールで催された。

県知事さんや、市長さん、新聞社の人たちを交えた著名な来賓。近畿一円のあちこちに散らばる文学を志し、切磋琢磨している同人誌の各編集長と同人たち。多彩な百人近い人々が会場を埋めた。その人々を前にして受け取った花束を両手に抱えた島先生は、

「言葉の配置や組み合わせによって、生まれる文章が面白うて、これからも文章にかかわっていこうと思うてます」と挨拶した。

年齢を忘れさせた笑顔を、天井からふりそそぐ明かりに輝かせ、まだまだ健在で文学の海を泳いでいく覚悟を示したのであった。


毎週、木曜日の午後六時から始まる「カレーの会」。関西の文学の母として、テーブルに平成三十年の今年、九十歳を越えた島京子先生の姿がある。

そして明石の小学校、中学校の美術科教諭から教職員組合活動へ身を投じた石井亮一先生が居る。

郵便はがき

恐縮ですが、切手を貼ってお出し下さい

5 3 1-0 0 7 1

［受取人］

大阪市北区中津3－17－5

株式会社

**編集工房ノア** 行

★通信欄

# 通信用カード

**お願い**

このはがきを、当社への通信あるいは当社刊行書のご注文にご利用下さい。
お名前は愛読者名簿に登録し、新刊のお知らせなどをお送りします。

お求めいただいた書物名

本書についてのご感想、今後出版を希望される出版物・著者について

◎ 直接購読申込書

| | | |
|---|---|---|
| (書名) | (価格) ¥ | (部数) 部 |
| (書名) | (価格) ¥ | (部数) 部 |
| (書名) | (価格) ¥ | (部数) 部 |

ご氏名 （ 歳） 電話

ご住所 〒

| | | |
|---|---|---|
| 書店配本の場合 | 取 | この欄は書店または当社で記入します。 |
| 県 市 区 書店 | 次 | |

石井先生は、昨年の四月までに、日本大学文理学部教授広田照幸氏のヒヤリングを数回受けて、『戦後日本における教育労働運動の諸相』という冊子が編纂された。一九八〇年代のその頃の日教組の活動は、教育運動と労働運動との二つの側面を持ちつつ、日本社会や教育のシステムの形成と展開に対して、功罪を含めた大きな影響を与えてきたのだと。またその時に起こった内部の「四〇〇日抗争」の中心人物として日教組の統一と連合加盟、文部省との和解に尽力したという石井先生。豪快な話し振りと哄笑は、そのころの名残かも知れない。

これまでに築かれた島先生と石井先生の二人の活動の関係は、石井先生の美術教諭の素質による文化芸術への深い理解が、島先生の静かな文学への挑戦に瞠目し、自然な形で、共鳴と融合によって形成されていったのに違いない。

石井先生は島京子先生の活動をいつも優しく見守り、何事に対しても力強い助っ人でいる。

これからも文学を志す人たちだけではなく、生きる源を求めて、この「カレーの会」へ集まって来る人は、絶えないだろうとハルは思うのだった。

# もえつきる炎

ハルは以前からどうしても観たい演劇があった。それを尼崎の劇場まで観に行くため、姑に承諾を得なければならなかった。姑の背中へ向かって台所から声を掛けた。

「明日は夕方から、すいません。ちょっと、外出します」

「帰って来《こ》んのんやったら困るけど、夜の内に戻ってくるのやったら何処へでもどうぞ」

姑のカツは、皮肉を混ぜた冗談を叩くのが非常にうまかった。台所の右手にある風呂場から湯上がりの、老齢にしては豊かな乳房をした上半身裸のままの、背中を見せて、寝室の障子を開けかけた手を止めると、カツはちらっと振り返って返事をした。

「十一時近くなりますが…」

ちゃんと帰宅します。とハルは追って言うつもりであったが、カツはガタンと荒々しい音を立てて障子を閉めた。

ハルの夜の外出が気に入らないのだ。不機嫌になったことが、障子を閉める荒っぽい音の響きで読み取れた。

〈だから、夫に外出の承諾を得ていれば、気を遣ってご丁寧にカツにまで耳に入れなくてよかったのだ〉

カツの不機嫌が胸にこたえた。情けない思いがこみ上げた。お米を研ぎつつ障子が閉まる寸前まで、カツの後ろ姿を追っていたハルは思うのだ。古希に近づいた自分はよく床につくようになった。カツの九十歳近い年齢まで生きられるだろうか。

もし生きたとしても、あの年齢で、あのように、まだ杖も必要としないで、しゃんしゃんと威厳を保って歩いていられるだろうか。茶碗を洗い流す水音に自分の人生の下り坂をのせ、悲観的な思いに陥った。

家から二、三分で私鉄のＨ駅へ着く。それまでに通過するＨ公民館の横に、一本だけ聳えるサンゴ樹がある。赤い実が初秋の冷風に色を深めていた。しかし、その日の沈み切らない陽光は強い。急いで駅に向かうハルの背中はジットリ汗をかいていた。

駆け込んだ電車に座席を見つけて座った。ハルは化粧を崩さないように、狭い額から、容貌でただ一つだけ自慢に思える高い鼻へ、その鼻から平たい頰へ向けてハンカチを押し当てるようにして汗を拭き取った。

Ｈ駅から二十数分で私鉄山陽電車姫路駅に着く。その駅からＪＲ三ノ宮駅で尼崎まで乗り継いで宝塚線に乗り換えて塚口駅で降りた。降りた町は薄墨色に包まれつつあった。

向かう観劇するピッコロシアターへは、事前に道順を問い合わせていた。教えられた通りに駅から西へ向かった。しかし、初めて降りた町は方角を勘に頼るしかなかった。

もし、間違った方角に歩いていれば開演に遅れる。あせる思いでしばらく行くと、電灯が点りはじめた空に、周囲の建物からひときわ突き出した建物が見えた。それが劇場だと認識されるとハルの緊張がほぐれた。

階段を上った劇場のロビーはそれほど広くなかった。しかし、そこに立った瞬間、ハルは鳥肌がたった。床の赤いじゅうたんの色。たむろする着飾った人たちの服装。たくさんのポスター。外見的な色彩豊かな華やぎが、ハルの日常の空気を破った。一瞬の幻覚が引き起こした現象で、ハルの肩の付根から手首まで、毛穴がむずむずとふくらんでいった。

異様な興奮に動揺しながら、ハルは普段着の質素な服装が少々悔やまれた。萎縮気味で受付へ行った。電話で申し込んでいたチケットを受け取りに行ったのだ。少し遅くなって申し込んだときはすでに売り切れで、キャンセル待ちで手に入れたチケットであった。

初めて来た劇場である。道に迷った時のことを考えて、時間を少し多く取って家を出ていた。が、迷いなく到着したため、六時三十分の開演まで十数分ばかり余裕があった。

観劇するため、その日従業員三十人ばかりの鉄工所を経営する夫の帳簿付けを素早く済ませた。ぬかりなく姑と夫と子どもたち五人、家族八人の夕飯も用意した。自分自身は夕飯を摂れなかったが。

幸い劇場には入り口の反対側に喫茶店があった。何とか軽食を摂る余裕がありそうだった。細長く狭い喫茶店は満員であった。ハルのように夕食が摂れなかった人たちであろうか。帰宅する時間がなくて、会社から直接やって来た人たちであろうか。いずれにしても、開演までに腹ごしらえをする人たちのようであった。

席に座ってミルクとトーストを注文したハルは、運ばれてくる間に受付で受け取ったパンフレットに目を落とした。その瞬間、ぞくっとして、体の中に熱い閃光がつつーっと走った。ロビーに立ったときと同じ感覚が甦った。

〈ああ、杉村春子さんのこの艶やかな姿に、鳥肌が立ったのや、さっきは〉

パンフレットの表紙は、老優が階段を少し上がった位置に立った、にこやかな姿写真であった。九十歳に届いた女優杉村春子さんが着ている付下げは、青磁色の生地に薄桃色と碧色による数本の紫陽花が、気品よく匂い立つように、肩から袖、袖から裾へと描かれていた。

ホールへ入った瞬間の、あのいい知れない異様な感覚は、壁に張られていたこの女優のポスターが発散していた華やぎだったのだ。高齢で、しかも現役で、舞台へ上がる杉村春子さんの姿写真が、ハルの感情を波立たせたにちがいない。ポスターを縮小しただけのパンフレットの表紙に見入りながら、ハルは一人で納得していた。

もうすぐ演じられようとしている『華々しき一族』は、文学座の座員で劇作家であった森本薫の没後五十年を記念して、初演から十一年目に再演されるものであった。

この『華々しき一族』という作品は、杉村春子さんが九四七回演じ続けた同じ森本薫の『女の一生』より有名ではないが、京都大学英文科在学中の森本薫二十三歳の若さで発表した作品とされている。

その作品は、当時、文学座創設者岩田豊雄氏（獅子文六）が見出して激賞し、やはり共に文学座を立ち上げた岸田国士《くにお》氏に「アンファン・テリブル」（恐るべき子ども）と言わせたほど、早熟した作品であると注目を浴びた。
そしてまた、やはり『女の一生』を演じ続けている杉村春子さんによって確か、今日で二四五回目が演じられるはずであった。

ときめき、不安……。
　きらめき、波紋……。
若き映画監督をめぐる、美しき母と
　　姉妹たちが奏でる華麗な物語。

こうパンフレットの見出しのキャッチフレーズそのまま、この劇はきっと、観客を興奮させながら物語の中へ引きずっていくに違いない。ずっと以前に、演じられたこの物語の舞台中継を、テレビの放映で見ていてさえ、胸が熱くなって興奮したハルは、注文をしているトーストとコーヒーが運ばれてくる間、そんな確信を抱きながら、心の昂ぶりを感じていた。

この作品は姫路まで巡回してこない。わざわざ尼崎のピッコロシアターまで足を運ぶ気になったのは、ハル自身が、若いころへの郷愁に身を沈めたかったのだ。また、杉村春子さんが、九十歳の高齢をものともしないで、恋をする女をどこまで演じ切れるか、この目でしっかり見届けたい思いもあった。

「ここ、空いていますか」

髪の毛が肩に垂れた痩身の人だ。パンフレットに見入りながら、想の深みに沈んでいたハルに声を掛けてきた。

「はい、空いています」

掛けられた声で回想が弾けた。弾けた過去の空白と現実が、ハルを狼狽させた。咄嗟の返事は、うわずってかん高い声になった。

トーストが運ばれてきたとき、ハルはパンフレットを鞄の中へしまった。向かい合う二人掛けのテーブルは小さくて、少し足を動かせば、前に座った人の足に触った。

「すみません。蹴って」

「いえ」

ハルの前に座った客は、ふっくらした容貌で、もの静かな印象を与えた。

「演劇は、お好きですか」

ハルが口を切って声をかけた。

「はい」

「では、よくここへ来られるのですね」

「ええ」

相手の女性はうつむき加減に、短い返事をするだけであった。しゃべらない相手に物足りなさを感じながらハルは話しかけた。

「私は姫路から来たんです。どうしても杉村春子さんの芝居が見たくて…。あの九十歳の高齢で、どれだけの演技ができるか、是非見たくて」

「え？　九十歳ですか」

「ええ、九十歳です。……私ね、若いころ、そう、二十三歳だった二十七、八年も前でしたが、獅子文六さんっていうユーモア作家の家の、お手伝いさんをしていたことがあるんです。…その獅子文六さんは、実名を岩田豊雄って言ってね。文学座を創設した三人の内の一人で、杉村春子さんや芥川比呂志さん、そして岸田今日子さんなどの演技指導をされていたんです」

「そうなんですか」

「そんなことで、杉村春子さんが岩田邸へ来られて、杉村さんを間近に見たことがありますから、よけい親近感が湧いて、…どうあっても、見たいと思って」

「そうですか」

興味をもって聞いてくれるだろうと、ハルはやや得意げに、今日は何故芝居を観に来たのか説明をしかけた。が、相手は伏し目がちに相変わらず冷静で、短い返事を返してくるだけであった。

興を削がれる思いでハルは話すのを止めた。ところが、閉じた口を相手の細い目がじっと見つめ返してきた。また話を続けるのを待つような仕草を見せた。

興味なさそうに見えて、相手はしっかり聞いていたのだ。ハルはその様子に気持ちを持ち直してまた話しはじめた。

「岩田先生の家へ来られたとき、杉村春子さんは、まだ六十二、三歳だったのです。…花の地模様が入ったオレンジの羽織を着てこられていて…」

「……」

「一時間ばかりの談話が終わって帰られるとき、杉村春子さんは、入って来られた応接室で脱がれ、膝に置かれていたオレンジの羽織を、ソファーから、すくっと立たれた岩田先生へ微笑みながら渡し、背を向かれたのです。…背高い岩田先生は、向けられた小さな背中へ近付くと、てらうことなくオレンジの羽織を着せてあげたのです。……憎い仕草でしょう？」

「？……」

「非常に気難しい岩田先生に、羽織を着せさせるなんて。……そんなことができたのは、ベテラン女優の杉村春子さんぐらいですよ」

「そうなんですか」

岩田豊雄氏（明治二十六年生）は昭和四十四年の暮れに七十六歳で鬼籍の人にな

った。杉村春子さんは岩田氏より十三歳若い。明治三十九年生まれだ。平成八年の今年で間違いなく九十歳である。その年齢で『華々しき一族』の物語の中で、映画監督に恋をされ、恋をする人妻の役を演じるのだ。

物語を追いつつ、杉村春子さんの演技を思い浮かべるだけで、ハルは興味しんしんで高揚した。珍しく多弁になって話すハルは、自身でかなり声がうわずっていることを意識していた。

しかし、相手は相変わらず感情の変化を見せなかった。運ばれてきたサンドイッチを唇の薄い上品な口へ運びながら、静かな姿勢で耳を傾けていた。ハルは夢中で話しながら、ときどき時計の針を追っていた。そして開演五分前になったとき、

「さあ、そろそろ開演です。お先に失礼します」

サンドイッチを食べ終わって、ゆっくりコーヒーを飲んでいる相手に、ハルはそう言い残すと席を立った。

会場入り口でチケットが入場券と座席指定の券とに切り離された。そこから観覧席へ入るまでの壁面に、杉村春子さんがこれまでに演じてきた数々の芝居のポスタ

ーがずらりと展示されていた。『桜の園』、『鹿鳴館』、『欲望という名の電車』、『華岡青洲の妻』、『女の一生』など、ハルの観ていない作品もあった。

すべて主役か、準主役を演じ切っているそれらの舞台姿は、老優杉村春子さんのみごとな足跡に違いなかった。しかし、主役の座を保つためには、好きや情熱だけではなく、運の良さに比例して、嫉妬や恨みを嫌というほど浴びてきたに違いない。演劇界の複雑さは何の世界でも共通した、どろどろした人間関係がある。

特に、劇団の存続を危ぶまれた芥川比呂志、岸田今日子さんを筆頭に、ベテラン俳優が大勢、『文学座』を退団した昭和三十八年の事件、文学座の座付作家的存在の三島由紀夫氏の『喜びの琴』という作品を思想的に問題があるとして、昭和三十九年に毅然として、上演を拒否した事件など、如何に、複雑なトンネルを気丈夫にくぐり抜けてきたのであろう。この老優は。

ハルは岩田豊雄邸にいる間に、「文学座」の分裂のあれこれを、つぶさに見て知っているだけに、華やかな世界の裏に思いが及んだ。

また、岸田国士、久保田万太郎、そして、岩田豊雄という三人の劇団「文学座」

創設者はもう居ない。その劇団を背負い、高齢でなお舞台に立っていられる気丈夫さは、演劇に魂のすべてを掛ける努力によって、培われてきたというのであろうか。壁に張られたポスターを順次見ながら、足早に歩くハルにさまざまな思いが絡んできた。

五〇〇人、いや八〇〇人ぐらいの観劇席の中ホールの中央より少し前がハルの席であった。いい席がキャンセルになってくれていたものだと、嬉しい思いで席についた。

席に着いてから入り口でもらった次回の上演予告など、色々なパンフレットの中の「文学座・大阪支部会だより」を読んだ。読んだ記事はハルを非常に驚かせた。それには、演出家の戌井市郎氏が懇親会に出席し、大阪支部会員の要請に答えて、次回の『女の一生』について語った談話が記事になっていた。

抜粋

「静かに、優しい口調で語りはじめられたそれらは、演出家戌井市郎氏が森本薫のこと、女の一生のことなど、その作品に対する長年に及ぶ情熱を静かに燃やしつづ

## 映画芸術への招待　杉山平一

〈ノアコレクション・1〉映画の誕生と歩み、技法と芸術性を、具体的に作品にふれながら解きあかす。平明で豊かな、詩人の映画芸術論。　一六〇〇円

## 三好達治　風景と音楽　杉山平一

（大阪文学叢書2）詩誌「四季」での出会いから、自身の中に三好詩をかかえる詩人の、詩とは何か、愛惜の三好達治論。　一八二五円

## わが敗走　杉山平一

（ノア叢書14）盛時は三千人いた父と共に経営する工場がゆきづまる。給料遅配、手形不渡り、電車賃に事欠く経営者の孤独なたたかいの姿。　一八四五円

## 窓開けて　杉山平一

日常の中の詩と美の根元を、さまざまに解き明かす。明快で平易、刺激的な考え方や見方がいっぱい詰まっている。詩人自身の生き方の筋道。　二〇〇〇円

## 詩と生きるかたち　杉山平一

いのちのリズムとして詩は生まれる。詩と形象。詩と音楽。大阪の詩人・作家。三好達治、丸山薫、花森安治、竹中郁、人と詩の魅力。　二二〇〇円

## 巡航船　杉山平一

名篇『ミラボー橋』他自選詩文集。青春の回顧や、家庭内の幸不幸、身辺の実人生が、行とどいた眼光で、確かめられてゐる（三好達治序文）。　二五〇〇円

## 青をめざして　詩集　杉山平一

アンデルセンの少女のように、ユメ見ることのできるマッチを、わたしは、まだ何本か持っている／新鮮を追い求める全詩集以後の新詩集。　二三〇〇円

## 希望　詩集　杉山平一

あたゝかいのは　あなたのいのち　あなたのこゝろ　冷たい石も　冷たい人も　あなたが　あたゝかくするのだ。精神の発見、清新な97歳詩集。　一八〇〇円

## 私の思い出ホテル　庄野　至

ノルウェー港町ホテル。六甲の緑の病院ホテル。ホテルで電話を待つ二人の男。街ホテル酒場の友情。兄の出征の宿。ホテルをめぐる詩情。　一八〇〇円

## 異人さんの讃美歌　庄野　至

明治の英語青年だった父の夢。兄、潤三に別れを告げに飛んできた小鳥たち。彫刻家のおじさん。夜汽車の女子高生。いとしき人々の歌声。　二〇〇〇円

## 足立さんの古い革鞄　庄野　至

**第23回織田作之助賞受賞**　足立巻一とTVドラマ作りで過ごした日々。モスクワで出会った若い日本人夫婦の憂愁。人と時の交情詩情五篇。　一九〇〇円

## 佐久の佐藤春夫　庄野英二

佐藤春夫先生について直接知っていることだけを書きとめておきたい――戦地ジャワでの出会いから、大詩人の人間像。　一七九六円

## 大阪笑話史　秋田　実

〈ノアコレクション・2〉戦争の深まる中で、笑いの花は咲いた。漫才の誕生から黄金時代を、世相と共に描く。漫才の父の大阪漫才昭和史。　一八〇〇円

## 大阪ことばあそびうた　島田陽子

大阪弁の面白さ。ユーモアにあふれ、本音を言う大阪弁で書かれた創作ことばあそびうた。著者は大阪万博の歌の作詞者。　正・続・続続各一三〇〇円

## 希望よあなたに　塔　和子詩選集

ハンセン病という過酷な人生の中から生まれた詩は、人間の本質を深く見つめ、表現されたものばかりで、心が震えました(吉永小百合氏評)。**文庫判**　九〇〇円

## 塔　和子全詩集〈全三巻〉

ハンセン病という重い甲羅。多くを背負わなければ私はなかった。生の奥から汲みあげられた詩の原初。未刊行詩、随筆を加える全詩業。　各巻八〇〇〇円

## 余生返上

大谷晃一

「私の悲嘆と立ち直りを容赦なく描いて見よう」。徹底した取材追求で、独自の評伝文学を築いた著者が、妻の死、自らの90歳に取材する。二〇〇〇円

## またで散りゆく

伊勢田史郎

**岩本栄之助と中央公会堂** 公共のために尽くしたい熱誠で私財百万円寄贈した北浜の風雲児のピストル自殺にいたる生涯と著者遺稿エッセイ。二〇〇〇円

## 連句茶話

鈴木 漠

連句は世界に誇るべき豊穣な共同詩。その魅力を東西文学の視野から語れる人は漠さんを措いてはない。普く読書人に奨めたい（高橋睦郎）。二五〇〇円

## 象の消えた動物園

鶴見俊輔

一つ一つは短い文章だが、批判精神に富み、事物の本質に迫る論考が並ぶ。戦後とは何かを問うてきた哲学者の境地が伝わる（共同通信）。二五〇〇円

## 再読

鶴見俊輔

**（ノア叢書13）** 零歳から自分を悪人だと思っていたことが読書への原動力となったという著者の読書による形成。『カラマーゾフの兄弟』他。一八二五円

## 家の中の広場

鶴見俊輔

能力に違いのあるものが相手を助けようという気組みが生じる時、家らしい間柄が生じる。どう生きるか、どんな社会がいいかを問う。二〇〇〇円

## 火用心

杉本秀太郎

**（ノア叢書15）** 近くは佐藤春夫の『退屈読本』遠くは兼好法師の『徒然草』、ここに夜まわり『火用心』、文芸と日常の情理を尽くす随筆集。二〇〇〇円

## 駝鳥の卵

杉本秀太郎

ことばの上 ことばの下 ことばのなかを 吹きとおる風。東西の古典や近代文学の暗号、繊細な美意識で織り上げた言葉の芸術。初の詩集。二〇〇〇円

けられ、長年この作品にたずさわれば、たずさわるほど、この作品を世に出す上での、時代の流れや、その背景などを深く考慮されつつ、大きな努力で、ある意味では戦ってこられたと思います」

「この名作（女の一生）をほぼ半世紀ぶりに戦時中の初舞台本を復活させる事により、戦時中でも軍に対してこれだけの抵抗をしたという事を、今、作者没後五十年にして新しい演技陣により世に汎く識らしめることは、文学座の次の世代への継承としての使命でもあると、熱っぽく語られ、出席会員に強い感動を与えられました」

少々読み辛い個所のある記事であったが、これを読む限り、森本薫の作品に惚れ込んでいたのは、まぎれもなく、この演出家戌井市郎氏自身だったことに気付く。そのことがハルを驚かせたのであった。

何故なら、実社会で森本薫の恋人であった杉村春子さんが、昭和二十一年に森本薫が亡くなった後も、ただひたすらに、数々の森本作品を演じ続けることに、生き甲斐を持っていた。と、ハルは解釈し続けていたからであった。

しかし、森本薫の作品が、半世紀という長い年月の間、上演され続けてきた演劇の歴史に、戌井市郎氏の存在がハルに大きく見えてきた。彼こそ杉村春子さんが森本薫の恋人であったことを幸いに、杉村春子さんの演技を通して、自分の惚れ込んでいる森本薫の作品にこだわり、ずっと演出し上演し続けてきていたのだ。

開演のベルが鳴って幕が上がった。舞台は非常に明るい洒落た映画監督の居間のセットであった。そこで、父親の娘と息子。後妻の娘。この複雑な家系の二人の娘が、父親の弟子である若い監督に、息子は義理の妹に、それぞれ恋心を秘め、お互いに胸の内を明かそうとしながら明かせないで、情熱的で、重苦しい交錯した会話を交わしていく。

そこへ娘たちが慕う映画監督と、後妻で舞踊家の諏訪が外出から帰宅した。実は映画監督と後妻は恋仲なのである。

杉村春子さん演じる諏訪が姿を現した瞬間に、客席から盛大な拍手が湧いた。もちろんポスターと同じ衣装であった。明るい光を浴びると、その和服姿はいっそううっとりさせた。

観客の盛大な拍手は、しばらく鳴りやまなかった。「勲章を背負って演じる分けにはいかない」と文化勲章をきっぱり断り、高齢で演じ続ける老優への労いの思いが、長い拍手となって沸き上がっていたのであろう。驚くほど長い拍手が続いた。

きっとマイクを身に付けているにちがいなかった。台詞はよく聞こえた。話すテンポもそう遅くはない。老優の年齢をはっきり知らない人であれば、まさか九十歳だと思わないであろう。

しかし、若い俳優さんたちがエネルギッシュな演技で、素早い動きをつぎつぎ展開している場面で、自分の台詞を言う番を待って、テーブルの前で静かに座っている杉村春子さんは、ハルが目にする限り、表情に冴えを失っていた。くすんでいた。剝製の置物を感じさせて、生身の潤いを失い、生気は微弱であった。

九十歳の高齢の人に、恋をしている女の艶を求めるのは酷であろう。

また、老いる体に、これまでの非常に細やかな表情と、めりはりの利いた台詞回しと、技巧のこらされた繊細な演技を、要求することも無理なことであろう。ハルは舞台で静かに座っている杉村春子さんが、危う気な、空気に包まれて漂っているように見えた。まるで火鉢の中の炭が、燃えながら次第に白い灰になり、今にも形を崩しそうになっていながら、芯の部分に、真っ赤な、花のような小さな炎を、抱え込んでいる。崩れそうな白い灰の中の炎。そんな炎を抱え込んでいる、くずおれそうな、しかし、誰一人近寄りがたい美しい姿。

何とも言い難く、杉村春子さんが情熱の炎を、胸の深くに蓄えながら、今にも弱々しく、くずおれてしまう感じに見えた。

しかし、まさかその日から六カ月後に、この老優が命を閉じてしまうだろうなど、予想もできなかったのであったが。

この物語では主人公の諏訪が、階段の途中へ駆け上がって、若い監督の須貝へ衝撃的な台詞を言う場面がある。そこで第一幕が閉まって、幕切れの衝撃的アクションが次の第二幕の幕開きに、もう一度繰り返されて先へ進む。その動きがその芝居の見どころだと、演出家の戌井市郎氏は演劇冊子に書いていた。

まもなく舞台はその場面になった。須貝という若い監督と諏訪以外はだれも居なくなって、諏訪も居間から二階の部屋へ行こうと、階段を掛け登っていく。その姿を須貝が追って階段を掛け登って行く。階段の途中で止まった諏訪に追い着いた須貝は、「自分を慕ってくれているらしい監督の娘も、諏訪の連れ子である娘も、好きでも何でもなく、僕が結婚しないわけは、あなたがいるからです」と心の内を打ち明ける。諏訪はそう言われることを期待していて、自分も須貝が好きであるという衝撃的な台詞を吐く。

ハルが、以前にテレビの放映で見た舞台中継では、この階段の場面に椅子は無かった。しかし、九十歳の老優の演じる諏訪が、駆け上がった（その時は、駆け上がるのはもちろん無理なことで、やや早足に登って行ったが）階段の途中に椅子が置いてあった。

その椅子に座って、諏訪は須貝の愛の言葉を受けて、手をしっかりと握られるのであった。

その椅子を置くなど、高齢者へのいたわりと工夫を舞台に見たハルは、杉村春子さんは何と幸せな人だろうと思った。

排除され勝ちな高齢で、主役を外されることもなく、若い人たちに混じって、いたわられながら舞台を継続しているのだ。

同じ文学座の俳優北村和夫さんは、

「舞台の多くが杉村春子さんの相手役ということは希有なことであり、大変な僥倖である。（中略）ある時は舞台で演ずる彼女に惚れ、そして何よりもその人柄に惚れている。私たちは、お互いの人間を確かめ合いながら生きてきた。舞台生活四十年の歳月を振り返りながら、私はいつまでも、杉村春子さんの相手役でいたい」と。

また、演劇評論家である矢野誠一氏は、こんな言葉を書き贈っている。

「決して強靱にはうつらない肉体を駆使して、それぞれの女たちの一瞬のときを、燃やすがごとく演じつづけてきた杉村春子さんが、私には舞台の魔法使いに見える」

舞台で杉村春子さんと接した人たちだけではなく、写真家土門拳氏さえ、「僕の撮りたい女性を打ち明ければ、目鼻立ちのととのったいわゆる美人ではなしに、内なる精神的なものが外にあらわれて、顔の深い豊かな美しさが湛えられている御夫人である」

と明言していて、杉村春子さんの楽屋で化粧をしている顔写真を、『風貌』という写真集に重みを呈して掲載している。

映画監督の新藤兼人氏もまた、杉村春子さんを崇拝し、ファンであり続けている人であった。

ハルは、こうしたメディアで杉村春子さんに向けられた色々な記事を目にするにつけ、そのつど、慕われていく老優の素養と魅力はどうして生まれるのであろうかと思う。

きっと、杉村春子さんの積んできた演技への執着や執念。人には知られない苦闘。その他、演劇上の、たゆまない努力の結果がもたらしていっているに違いないと、考えるのであった。

観劇が終わって、劇場を後に暗い道を駅へ小走りで向かいながら、ハルは老優の生き方を展望し続けていた。と同時に、老優より二歳年下で、同じように年を重ねてきている姑の、カツの生き方を、比較し続けていた。

夜更けにハルが帰宅したときは、夫以外、高校の長男と長女、中一と二人の小学の娘たちは勿論、姑のカツと共に眠っているに違いなかった。

小柄ながらかっちりした体格のカツではあるが、年齢には逆らえない。頭髪が白くなってきた。しかし、老齢だから髪は染めないほうがいいと夫が意見を言っても、耳に入れる人ではない。白髪を黒く染めて、家族の心配をよそに最近でも、仲間に誘われると、北海道や九州旅行にさえ出かけて平然としている。

お酒が飲めるわけでもないのに、夫が経営している鉄工所の職場の若者を連れてビヤガーデンへ行くときは、必ず付いて行く。一昨年の夏も、

「米寿の婆さんがビヤガーデンへ行くか？　家の婆さんぐらいやで」

夫が、着飾って付いてくる母親に、面白がって揶揄しながら高笑いすると、

「何んで、婆さんが行ったらあかんのんや。婆さんが行って悪い所とちがうやろ」

目を剝いて反発する。

病気で床につくでもなく、こうしたカツの大胆に生きて、命を巧みに燃焼させている姿は豪快である。ハルを感心させる。

急ぎ足で暗い夜道をＪＲ塚口駅へ辿り着くまでの道すがら、ハルはずっと杉村春子さんやカツが、高齢の体に炎を抱いて、老いを上手に生きていることに感心しながら歩いていた。が、ＪＲ塚口駅に辿りつき、駅の明かりが心に染みた瞬間、二人の影は風のように後方の闇に消えた。

プラットホームには、遅い時間であったが、電車を待つ人が大勢いた。その中に、観劇のパンフレットを手にして、劇場から同じように辿り着いた人たちが何人かいた。顔を合わせても、ハルのまったく知らない人たちであった。が、同じ劇を観賞したのだという意識から、何となく親しみを抱いた。

ハルは肩を擦れ合うばかりの人たちに混じって、ホームの先に広がる夜の町を眺めながら、老いに向かって、これから生きていく自身の姿を懸命に模索していた。

# ハルと博物館

その年は温暖地方にしてはめずらしく、十数年ぶりに十センチほど雪が積もった。いつも眺めている田園風景が白く輝いた。

その日、ハルは月に一度参加している神戸の「カレーの会」へ行く予定を変更した。

ジャズの演奏会へ出かけるためだ。文学仲間の藤岡由美子さんから、誘いがあったからだ。同郷の姫路で文学について話ができる人は、ハルにはそんなにたくさんいない。藤岡さんはその少ない仲間の一人である。気性があっさりしていて、はっきりものを言う彼女は、文学に関係したことになるとハルに何かと相談を寄せてくる。逆にハルも作品について意見を求める。ときどき彼女はハルの知らない文化的情報も寄せてくれる。

その日はめずらしく、彼女がジャズの演奏会を勧誘してきた。

別の用事で電話をしてきたついでの彼女の報告に、ハルは少し驚いていた。

「へー、〇万円。すごいね。私もM先生は姫路文学館の「播磨文芸祭」連絡委員を一緒にさせてもらったから、よく知っている先生や。九年前は『作家の肖像』って宇野浩二・川端康成・そして姫路にゆかりのある阿部知二の三人の評伝を独自で研究して出版したったわ。そのとき、私も購入させてもらったわ。それは〇千円で、今度の評伝はその倍の値段がするのやね。すごいね」

ハルは高価な本を購入する彼女へ、つい声だかな返事をしてしまった。

「読みにくい文で、固い内容やけど、M先生は一生懸命書かれてるやろし、無駄にならないと思うわ」

彼女に返事をしてから間を置かずハルは問いかけた。文学を理解し、信頼する人である彼女なら、ひょっとしてハルの疑問点に答えてくれるかもしれない。

「このあいだ発表のあった芥川賞の作品、もう読んだ？」

「『文藝春秋』の雑誌は買ったんやけど、まだ読んでない」

芥川賞は、いつもハルより先に読む彼女の意外な返事である。

「読みやすいよ」

「なぁんか、日に日にばたばたしてて、落ち着いたら読もうと思ってるけど」

「まぁ、読んでみて。器用にストーリーが展開していて、退屈せんと読めるわ」

ハルは彼女が今年の芥川賞受賞の『×』という作品を、まだ読んでいないことを残念に思った。読んでいれば感想を聞くことができたのだ。聞くことが出来ていれば、自分の思いと彼女の見方とを比較できたのだ。そう思いながらハルは感想を彼女に語り始めた。


「あんね、意味も無く穴が出現したり、意味もなく奇妙な黒い猛獣らしい動物が見えたり、それに絡ませて、現代社会にはびこっている問題の色々な事柄を配しているっている。パート労働者、少子化、高齢化社会、ニートらしい人物、田舎の葬式の情景、認知症を患った老人、嫁と姑、携帯電話依存の夫など、現代病とでも言える種々雑多な問題を提示しながら、どれも深く掘り下げられるでもなく、登場人物がお互いに絡まって懊悩するわけでもなく、人と人との幸福への誘導もなく、未来への方針や展望もなく、痛みや悲しみの共有、それへの痛み分けというか、呼びかけというか、そういう魂のふれあいもなく、何なんやろうね。首をひねりたくなる作品や、と、私には思えるんや。今年の受賞作は」

ハルは息を継ぐこともなく、一気に、受話器を耳に当てて聞いているだろう彼女に、純文学にふさわしいと思えない作品だと不満を吐露していた。

「そうなん」

彼女は気圧された感じで、そうかといって芥川賞受賞作品へ興味をそそられた様子もなく、

「さっそく読んでみるわ」

と鈍った声で答えた。

「読んだら、また、意見を聞かせて」

その日から一週間が過ぎただろうか？　ハルが返事を聞きたいと思っていることを度外視して、一昨年に薄い親戚関係にあたる、故人の詩人「滝口雅子伝」を書き

上げたばかりの、数少ない資料をかき集め、大変であったことを語った。

「滝口雅子って私記憶にないけど、また作品を見せてね」

ハルは彼女の労作を、是非読みたいと思った。(その労作は「エルマール賞」佳作に入賞したのであった) その応答の後で彼女はジャズの演奏会に誘ったのだ。彼女の夫は、博物館のサポートをする「友の会」会長でボランティアをしている。そこからの情報らしい。

「県立博物館のロビーで、ジャズの演奏会があるんや。無料やし、行かへん」

彼女は個人レッスンを受けてジャズを習っている。女性では珍しいジャズ好きである。ハルはジャズにあまり興味がない。が、彼女と会うのは久し振りのことであり、神戸の「カレーの会」の参加予定を変更し、演奏会へ行くことにした。

「十一時からやから、終わったら何処かでお昼のご飯を一緒にしたら」という友の計画にも同行することにした。どうせなら、孫を遊ばせる部屋があるし、男の子で外出が好きな二歳の孫も連れて行ってやろう。ハルは嫁に電話をした。

「歴史博物館で、ジャズの演奏会があるんやて。行く?」「子ども連れでもいいの

かな」と言う嫁に、いいか悪いか行ってみないと分からないが、遊ばせる所がある
から大丈夫だと言った。

嫁が承諾するもしないも、ハルはやや強引に行くことを勧めた。平成の大修理で、
天守閣がすっぽり隠されてしまっている。その近くの商店街に息子の家がある。そ
の息子の居住地より二十五キロ西にある我が家から、雪が陽に溶け始めている道を、
自家用車で二人を迎えに行った。

嫁の胸に背負い紐でくるまれた孫が、玄関を出てきた。久し振りに顔を合わせ、
孫が「バーバー、バーバー」とたどたどしいことばを振りかけてくる。かわいい仕
草に心を揺さぶられて、「よう十一年目に生まれ出てくれたものや」と思いつつ笑
顔を返した。

いそいで会場へ着くと、まだ藤岡さんの姿が見えなかった。

城の真北に建つ兵庫県立歴史博物館のロビーは、かなり広い。広い空間に百人近
い椅子が並んでいた。その椅子がほとんど埋まったころに友がやってきた。

藤岡さんは全国版A新聞が発行する、地域のミニコミ紙の記者をしていた。そのころ藤岡さんはハルの息子の店を取材してくれた。

ハルの五人の子どもの内の一人息子が、親が経営する鉄工所の跡継ぎをせず、イギリス風パブリックハウスを開いた。その開店したとき取材してくれた。地方紙ながら紙面を大きくつかって写真入りの記事にしてくれたのであった。

その記事を載せてもらった阪神・淡路大震災の翌年の、平成八年のときからの交流であるから、藤岡さんとはかれこれ二十年近い付き合いになる。その間、彼女は夫の転勤で五年ばかり姫路を離れて三重県の津市に住んでいた。

彼女とはその間も、姫路地方の文学関係の情報を伝えて交信が続いていた。その彼女は三年ばかり前に、夫の数年留守居していた姫路の自宅へ戻って来たのであった。しかし彼女は、ミニコミ誌の記者から離れ、文学館が開催している文学教養講座へ通い始めていたのだ。並列して姫路市の生涯大学のエッセーの講義をも受講していた。

そうした彼女の積極的な行動の日々を私は知らなかった。彼女は今、教養講座卒業後ＯＢ会仲間とエッセーを書いている。

藤岡さんもまた、人生の半ばを過ぎてから本格的に？　文学の道を歩き始めた。ハルと同様、今は文学に取り憑かれた彼女もまた、書くことから離れられない月日を過去へ流している。書くことでもがいている。彼女もまた、誰のために、何のために、もがくのであろう。ハルは文学に取り憑かれた同胞としても彼女と気が合うのだ。


待つまでもなく痩身に流行を取り入れたブルーの服装で、藤岡さんがやってきた。間をおかないでジャズ演奏が始まった。

ジャズはアメリカ南海岸のニューオーリンズの町で、白人音楽と黒人音楽が融合して生まれたとされる。日本では戦後の複雑な思想の転換があった貧困の社会の中で、精神が揺れる不安定な若者の心に、浸透していったという。

何故、短く刻まれていくリズムのジャズが人々の心をつかんだのであろう。手段は異なっても、ことばを紡いで人々の心へ訴えるものをと、ほそぼそと創っているハルには不思議に思える。

雷が落ちるような音響がホールに充満した。耳を刺激した。が、孫はいつの間にか嫁の腕の中ですやすや眠っていた。

嫁は音大への志願を、経済的な家庭の事情があって断念したのだという。三枚目で背丈一八三センチ、体重九〇キロもある巨漢の息子の嫁には、もったいないとハルに思わせる嫁だ。色白で細面な涼しい目をしている。嫁はリズムに乗って、首をふりふり楽しそうにしている。

「この子は、神経の図太い子なんかなぁ」

孫は快よさそうに眠っている。


ジャズのリズムが喚起させたのだろうか。ハルは明治から大正、大正から昭和、昭和から平成へと、時代が大きく変化し、人々の生活のリズムや風習の大きな変化を意識しないではいられなかった。

特に国民に大悲劇をもたらした第二次世界大戦後からの社会を振り返れば、想像をはるかに超えた現在の生活は、グローバル化をともなって、ハルを息苦しくさせる。

毎日の生活はボタンを押すことで、ほとんどの用事ができてしまうではないか。目覚めてスイッチを押すと電灯がともり、部屋が明るくなる。朝食は電気釜で炊き上がっている。極端に言えば、数種類の買い置きの総菜は、電子レンジでチンすれば苦労なくテーブルに並べることができる。コーヒーだって、インスタントでよければ、熱湯さえ注げば喉を潤してくれる。

お風呂に至っては、子どものころのようにつるべで汲み上げ、バケツで水を運んだりしなくても、入りたいときにセットすれば、浴槽に湯をたっぷり張ることができる。入浴剤はローズ、オレンジ、ジャスミン、何でも好みの物を水槽にポイと混入すればよい。

トイレに駆込めば自動で便器の蓋が開き、用を足せば瞬時に自動で洗浄してくれる。日本語で言うには憚れる陰部を洗浄したいときは、ビデと書かれたボタンを押せばいい。同じ意味でも、外国語だと口で言ったり文字で書いても恥ずかしくないのはどうしてだろう。

劇場や百貨店、さまざまな会場やスーパーなど、前に立てば自動でドアが開閉する。冷房暖房で保護され、エレベーターやエスカレーターで、簡単に上階へでも階下へでも移動が可能。

交通機関は紙一重の危険を孕みながら、一秒でも二秒でもスピード化に賭ける。可能な限りの民族移動を広範囲へと広げていっている。日本はおろか、世界の隅まで。

テレビやパソコンにしても、リモコンやカーソルを操作さえすれば、日本中の、世界中の、あらゆるニュースが瞬時に飛び込んでくる。同様に、ドラマ、音楽、絵画、スポーツ、各種イベント、展覧会から料理のレシピまで、何でも好みに応じて画面へ呼び出せる。

電車の中、バスの中、ゆられながら携帯電話やスマートフォンにアイパッドと、ほとんどの人が指を器用に動かして、夢中で何かを読み取っている。

自分の好悪や嗜好を選択し、気分に応じ、運悪く起こる予想外の危険を承知しながらでも、人と繫がり、群がりながら生活ができている。

しかし日本だけでなく、災害の、戦争の、その他さまざまな溢れるばかりの情報は、情報として受け止めて、一時的に恐れ、胸を痛め、怒りを口にしても、ほとんどの人は遠い出来事として心に麻痺が起き、不感症状態で、長期の痛みを共有することが出来なくなっているのではないか。ハルはその方を恐れる。

そして、葬式、結婚式などの簡略化。婦人会など地域の様々な組織の解体の歯止めようもない状況。まして子どもの教育現場に、最も深い関係のあるＰＴＡ活動が、代理業者で間に合わせるという情勢は、悲劇としか考えられない。

まして、未来へ、まだまだ便利ですばらしい生活を、創造しようとする現在の文明社会では、文化の担い手として、最も重責を持つべきは、だれであろう。

精神に最も深い関係をもつ文学者のことばの力は、現在、最も弱くなってしまっているのではないか？　このあやうい状況は、人間社会で大切な、こころの成長が、置き去りにされてきている、ということではないか。

どうしてだろう。不思議なことにジャズにのって際限もなく、種々な思いがハルの頭に流れ込んできた。かわいい孫が成長していくこれからの社会のことも、いろいろ考えていると、決して未来が明るく感じられない。

各人がそれぞれの意見を持つ集いである次の「カレーの会」へ行ったとき、皆に聞いてみよう。未来の社会の展望を。十人いれば十人の考えが聞けるではないか。と、ハルが思考を巡らせている間に演奏会が終わった。

友人は満たされた顔をしていて、若い学生のころピアノを習っていた嫁も、久し振りの生演奏に笑顔を見せていた。孫は母親の胸に凭れたまま、まだ、すやすやと眠っていた。

丹下健三の設計だという県立歴史博物館へ、ハルはよほど興味がある催しでないと来館しない。が、平成十九年に――過去から未来へ〝ひょうごメッセージ〟――という特別展が開かれた。その際に、ハルの詩集『ふるさとの城』が片隅に展示されたのだ。

当時、夫の親戚筋の岡田浩司が兵庫県企画県民部参事でいたことから、博物館の次長福井修氏を紹介された。そのとき福井氏に詩集を見て頂いたことが切っ掛けで、詩集を活用するという次長さんの観点から、姫路城主酒井忠仰の次男で俳諧・書画をたしなむ文人で名高い酒井抱一の展示物の傍に、詩集『ふるさとの城』が展示してもらえたのであった。

その時喜んでくれた今は亡き夫が、同伴で観覧して、記念写真を撮ってくれたのであった。

縁とは不思議な気がする。当時、博物館館長であり、現在名誉館長である端信行博物館館長さんを、ハルはまったく存じ上げなかった。しかし自分史講座を受講することで、十年を経て出会うことになろうとは。

たまに鑑賞したい催しがあって、博物館へやって来たときハルは、エレベーターを使わない。スロープを使って二階へ行く。

スロープを歩きながら、左手の階下まで一杯のガラス窓に映る、白鷺城を眺めるのが好きだからである。

城の裏側にあたる姿であるが、正面とそう違わない姿は、ゆうゆうしく大空に聳える。日本で初めて世界遺産になった白鷺城は、自然に、我が町の城としてハルには誇らしい思いが、胸に湧き上がってくる。その先のレストランでコーヒーを飲んだり、食事をしながらでも城を仰ぎ見ることができる。

この空間を生み出さした建築設計の巧みさに、ハルはいつも感動を覚えるのだ。その日もジャズを聞いた余韻が消えない友人と子どもを背負う嫁とで、レストランに向かって、スロープを登っていった。平成の大修理で城は、すっぽり覆われてしまっていたが。


ハルは平成二十九年七月から、五年半の修理を終えて、まばゆい姿を現した白鷺城を眺めながら、この博物館の地下室で、月一回の「自分史講座」へ通い始めた。十年前から始められていたという講座を全く知らなかったのであったが。

博物館に対して、どうすれば、人々に関心を持ってもらえるか。という思いで、端信行館長さんが講座を始めたという。その端館長さんが、私の詩集を展示してもらった時の館長さんであったことも知らないで、ハルは講座に参加をすることにしたのであったが。改めて縁の不思議さを感じる。

端館長さんは一旦退職して現在名誉館長として、京都から通って来て、「自分史講座」を継続しているという。この講座でこれまでに、「自分史」を完成し、各自で冊子を作成している受講生が何人かいる。

完成した人の作品を読ませてもらった。それは何と、素朴な庶民の人生が描写されていることか。ハルが上京していたのは、一九六四年（昭和三十九年）の日本初のオリンピックが開催された年であった。その年はオリンピックに向けて、新幹線が走り、急速に町が変貌していく東京であった。

ハルがそのころにいた東京生活と比較しても、同じ時代を生きていたのだろうか。と思ってしまいそうな、不思議な田舎の人々の仕事と生活が書かれていた。

エレクトロニクスの発達した文明社会の現在は、それほど町と田舎では文化的生活水準の差は意識されないが、このころ姫路でさえ如何に遅れていたか。各自の自分史は、おのずと、そうした状況が記されていた。

ハルはそのことに驚くと同時に、こうした素朴な生活を書き残すことの大切さに気づかされたのであった。

ハル自身は、たまたま博物館の、

——自分史をつくってみませんか——という、チラシが目に止まって、参加するようになったのであるが、「自分史」の解釈がまだ、十分に理解できないでいる。どう書き進めるか、解らないまま参加している。それでも早六カ月目を迎えようとしている。

それにしても、講座の準備を事務局の高松知史氏の協力を得ながら、平成三十年四月から新たに博物館「自分史クラブ」と命名して始められる名誉館長さんの指導の根気強さに、ハルは敬服するばかりである。

生活の一部とはいえ、書くことに身を置くハルは、そこで何かを摑み取ることが出来るような期待があって、ぽっかりと大空に浮く姫路城のすぐ裏に建つ、兵庫県立博物館の地下室へ通っている。町の西端に位置する自宅から。

# 起上り小法師

# 起上り小法師

選者安部公房氏のことば
「「起上り小法師」は模範作文というところがあるけど」
選者奥野健男氏のことば
「ぼくは、逆にそこをとったんだ。わりとよく書けてるし、作文としてなら、佳作ぐらいにいれていいんじゃない」
入選のときの選者二人の選評であった。
昭和三十八年に東芝電気株式会社姫路工場に勤務していた私は、一つの賭を試みていた。

東芝機関誌「東芝ライフ」が募集していた短編小説に応募した作品が入選すれば、退職して上京するのだと。二十二歳だった私は、小説家を目指していた亡父の素性を証したい思いに囚われていた。

子どものころ、父の友人と父の末弟である叔父から、父親が小説家を目指していたことを耳に入れたからである。

中学生になった私は小説家と言われる人を、貧しくて身体が弱く、女にだらしなく淫らな人の代名詞的な感覚で意識していた。そんな人にも話せない世間体の悪い小説家に、どうして父親が憧れたのか。常に疑問に縛られていた。

疑問をひもとくには、小説家である人を知らなければならない。その為には上京しかない。そういう思いが私を駆り立てていた。

中学を卒業した私は、母子家庭の貧しさを知っていた。進学という選択をまったく考えていなかった。そのころ高校へ進学する人は少なかった。就職する人の方が多かった。私は就職を希望した。

しかしその年は不景気で就職難であった。教師の計らいでなんとか、最初就職できたのは印刷工場であった。が、九カ月で退職してしまった。母親が働きながら定時制に通うためには、大きな企業がいいだろうと勧めたからだ。

教師に無理を言って入社させてもらった会社だけに、まだ世の中に染まっていない初《うぶ》な私は、退社に際して申し訳ない思いで数日間悩んだ。印刷会社の退職には勇気がいった。

夜間の高校へ通うことを重点的に考えた上で、東芝へ転職した。さすがに大会社だ。労働組合があった。しばらくすると私は、知人の労働機関誌の編集者に要請され、ときどき機関誌へ評論のような物を書く機会を持った。

四年間夜間に通う定時制の三年生になったときは、「伸窓」という生徒の文芸作品集の編集長に選出された。文芸分野に関心の薄い生徒が多く、呼び掛けてもなかなか作品が集まらない。自身がいろいろ書く努力をしなければならなかった。

そうしたことが、次第に私に書く魅力を浸透させていった。そして上京したいと思うようになっていった。

定時制を昭和三十四年に卒業して後の、昭和三十八年であった。都合よく、小学館が発行する「マドモアゼル」という青春を謳歌する若い女性向けの雑誌に、作家がお手伝いさんを募集している記事が掲載されていた。

私は母親に内緒で、募集している獅子文六という作家の邸宅に応募した。友人のように小説を読んでいない私は、獅子文六という作家がどういう作家か理解も無く、調べもしないで応募をした。

作家の夫人との手紙のやりとりで、応募者の中から私が選ばれたのだ。その時点ではまだ、母親には内緒であった。

お手伝いさんの応募の以前に、私は東芝の機関誌が短編小説を募集していたので応募していた。最初に書いたように、私に書く能力があるかどうか、試しと賭を秘めて応募していた。その結果を待たないで、退職を決め、獅子文六邸のお手伝いさんの住み込みも決めてしまった。

退職願いを提出したばかりの私へ、応募した作品が佳作入選であるという知らせが届いた。佳作は普通掲載しないのであるが、私の作品は入選に準ずるいい作品のため、機関誌に掲載させてほしいのだと、東京の本社から、機関誌「東芝ライフ」の編集長がわざわざ姫路工場へ依頼に来られた。

その日は、普通にいつもの仕事をしていた私は、厚生課の事務所へ呼び出されて、「東芝ライフ」の編集長と面談した。

社内報とはいえ、全国的な機関誌に短編小説が掲載されることを、小柄な眼鏡の目にほほえみを浮かべた編集長さんから伝えられると、私は書くことへの自信が多少ともついた。じんわりと、喜びを噛みしめた。

そして、迷っていた上京する意志が固まって不動のものになっていった。

私の作品が「東芝ライフ」に掲載されたとき、私は退職してしまっていて、すでに小説家の邸宅のお手伝いさんとして働いていた。私に機関誌は届かなかった。

幸い、実弟が同じ東芝へ務めていたため、機関誌は弟が送付してくれたのであった。

東芝機関誌以外発表していない「起上り小法師」を、今度の出版の機会に、ここに発表することにする。二十二歳で初めて書いた短編小説である。読み返して、頬被りしたいような稚拙な表現である。加筆したり、削りたい箇所がずいぶんとある。しかし、当時の未熟な、私自身を露呈している作品である。恥をしのんで、一切、手を加えることなく発表することにした。

「東芝ライフ」148号　五月より
短編小説（第三回募集文芸作品・佳作入選）

## 起上り小法師

昭和三十年

十月三十日

胸のなかに咲いてゆれていた花、私の希望の花、初出勤のきょう、その花は、私の胸の中で枯れてしまった。現実という毒素が、私の夢の花を枯らしてしまったのだ。

白いビルディングから離れた薄暗い古い建物のなか、それが私の職場だった。その離れ島は、やさしい人々の住んでいる楽しい場所であった。困っていると、前後左右から、親切な手が差し出される。

私は、自分の与えられた仕事がどんなものであるか、今日、やっと母に話す。○○班といって、蛍光灯製造の第一工程で、蛍光灯のバルブを検査したあと、水槽の中で一本一本ブラシで洗い、それをドライヤーで乾燥させ、社名をマーキングしたあと、次の工程に送るところだと……。

十一月

作業をしている最中だった。「ゴムの手袋をはめたら、どうですか？」突然、私の背後で小さなやさしい声がした。いつのまにか、私のかたわらに小柄な年配の人が立っていた。私は驚いて手の速度をおとした。その人に、ジャボジャボあふれる水槽の湯がかかってはたいへん、と思ったからである。それから、ゴムの手袋は手の保護にはよいが、バルブ（ガラスの筒）を洗う場合、すべっててんで仕事ができない——そのように私は臆面も無く応答した。

私が答えているあいだ、あいづちをうちながら、その上品な人は、顔に微笑をおしまなかった。そして、自ら手を湯につけあと、静かにその場を去った。もの静かな影が消えたあとで、その人がH工場長だと先輩からきかされ、私は仰天した。

原始的な仕事だとはじている私に、少しのへだたりもなく無言の理解となぐさめを示して去ったその人の姿は、光を発散させながら、私の胸のなかに、印象づけられていた。

七月　　　　　　　　　　　　　　　　　　　　昭和三十一年

きょう、××班へ応援に行く。私たちの班に比較して、きれいな仕事場である。しかし、決して楽な作業ではなかった。私の××班にたいするこれまでの羨望が消えたのは、ありがたいことである。

一月

昭和三十二年

お餅二つ、茶碗とハシ、私はそれを紙に包んで通勤カバンに入れながら、去年の情景を思いうかべていた。大きなナベに班全員の持ち寄りのモチをほおりこんで、それをおのおの茶碗についで食べる。花を飾ったテーブルの正面に、班長さんと招待客がすわっている。「新年おめでとう」――たしか、一同そろって…そこまで思いだした私は、あれからはや一年がたっているのにおどろいた。そして、いそいそと大きくふくらんだカバンをもって出勤した。

四月

ペッチャンコのおなかに夕飯をかきこんで、洋裁学校へむかった。通いはじめて一カ月たらず、早く一人でいい服が縫えるようになりたい。

職業が異なっていることや残業の有無で、全員がちりちりばらばらに登校してくる。私は、いつものように、すでに縫いはじめている人にあいさつし、仕事をはじめた。ボタンホール、ファスナーのつけ方、飾り縫い――それらがおわれば、基礎縫いはもうおわりなのである。

「残業で遅うなった」といって、Aが隣に座った。「お気の毒さま」と同情しながらも、うきうきしていた私は、軽く言い流した。

それが疲れ気味の彼女の気にさわったのであろうか、「あんたらの仕事はいいな、残業がのうて」と部屋中に聞こえそうな声で、Aがいった。すると、向かいの席のCが、私の仕事は何かとたずねた。私がいいそびれていると、Aが意地悪い目付きで私の顔をうかがいながら、「湯で、蛍光灯の筒をあらいよんやなあ」といって、私のうなずきを待った。

「蛍光灯の筒を洗う？　どなして？」と、Cが、赤面している私に詳細な説明を強いた。

Aにたいする敵意が、あっというまに私の心に広がった。私はCには答えず、「Aさんは細かいものを組立てるから、近視になるおそれがあるわね」といった。勝気な彼女は、さいきん、いろいろな面で改善され、近視にはならないと反発してきた。こうなっては意地でも負けられないと思った私は、「ぜったいに保証されないでしょう？」と、少々きつく反問した。Aは黙った。Cも目をそらせた。冷静になった私は自分の心をきずつけられまいとして、相手の心をきずつけてしまったことに、強い自己嫌悪を感じはじめていた。

昭和三十四年

二月

めずらしく二時間残業があって、私はしおれかかっている草花のように、ぐったり疲れを感じていた。蒸気と水道のコックをしっかり止めた瞬間、今日一日の責任と義務から解放されという安心感が、私の関節の疲れをスーッとほぐしてくれた。いますぐにでも、北風の中に走り出していきたい。そんな爽快な気分に気をよくしながら、私は二、三人の同僚と肩を並べて、ナイロンの前掛けをはずそうとして、ハッとなった。

突然、私の目に映ったのは、うたがいもなくGさんであった。きょう初めて私の職場に現れるまで、私の班と厚生課のGさんの仕事とが、何かの面で密接な関連をもっていることを、まったく知らなかった。

私は、自分の姿に一瞬とまどった。そして、大勢の中でとてつもない大失敗をしたときのような羞恥心がかけめぐって、顔がカッカと赤くなった。それでも私は、Gさんの顔をまともに見た。彼は、すでに私に気づいている様子であった。

私は、長靴をはいた自分の姿のはずかしさを押さえ、あいさつしようと、赤面した顔の目を細め、ほほえみながら、Gさんの顔を見上げた。と、そのとき——それまで私の姿に目をそそいでいた彼は、カチっとあった目から、クルリと顔をそむけてしまった。まるで、直球から、カーブを描いて投球された野球のボールのように、そっけなく。私の胸中には、鉄屑のすりあっているような、わびしい悲しみが残った。

——「井上さん、ぼく東芝へ入社したんです。どうぞよろしく。井上さんはなんといっても、ぼくより先輩ですからネ」高校出のGさんが、中学卒で入社した私に、毎年催されているクラス会の席上でいった言葉である。

「先輩ですからネ」という彼のおおげさないい方に、そのとき、私は彼の顔をまじまじと見たものであった。

クラス会のあった数日後から、細くやせぎすなGさんの姿が、会社でチョクチョク見うけられるようになった。太い眉毛が何より第一に目につく容貌のGさんは、事務員らしくキビキビしていた。そのGさんは、構内で出あうと、必ずだれよりも親しみのあるあいさつをかわしていくのであった。その彼が、きょうはじめて私の現場へ姿を現し、そして、私の姿を認めながら、見て見ないふりをして帰っていった——。

「信ちゃん、どなしたん?」私は、われに返った。きっちりしめられた窓という窓は、黄昏かかる戸外を映して、窓全体がそのまま天空の一部分であるかのように、美しく瑠璃色に染まっていた。その窓ぎわの椅子にぼんやりすわっていた私に声をかけたのは、親友Yであった。

「涙ぐんだりして、何かあったん?」Yが私の瞳をのぞきこむように、彼女の小さな愛くるしい顔を近よせてきた。自分が涙ぐんでいたのを知って、あわててハンカチで目をふいた。自分の気持ちを友人に話していると、ほんとうに泣いてしまいそうだ。それに、そのときの私の心はあまりにも複雑すぎて、何も話せないような気がした。それで私は、「何もせえへん」と白い歯をみせて、Yの心配そうな表情に笑顔をつくってみせた。

母や姉、弟のスヤスヤねむる寝息を聞きながら、昨夜、私はどうしてもねむれなかった。自分ひとり、遠い島へ流されたようなさびしさがあった。私はネグリジェにカーディガンをはおって、床をぬけだし、暗い戸外へ出た。何か美しいもの、清いものにふれたかった。

冬は、星座がおのおのの姿をほこらんばかりクッキリ浮いていて、美しい。私の最も好きなオリオン座もチカチカ輝いているにちがいない。自分の力の強さを自慢して、天神の怒りをかい、毒虫のサソリに殺された狩人だという伝説のある、オリオン座である。私は、その星座にかぎって、いつも伝説をぬきにして自分の空想でながめた。無限に夢が広がっていくような秀麗さと人間の剛健さをつちかってくれるような星座。そのかぎりない荘厳さをもつ星の光に、自分の心を裸にしてふれさせたら、少しでも明るさをとりもどすかもしれない。

私は身のすさぶような寒さに体をちぢめながら、天を仰いだ。

オリオン座は、南天をさぐる私の目に、すぐとびこんできた。だが、なんと弱々しく静かな光であろう。美しくはあったが、その夜のオリオンは、人の心を射してくるようなみずみずしく鋭い光波は少しも感じさせなかった。周辺に輝く星くずはもちろんのこと寒風はオリオンを脅かしていた。

私は、冷たく底知れない暗い川面にチラチラ映る星と、天の実際の星とをながめてみて、何か相反する運命的なものをみたような思いでめいった。

夜ふけの道は、人ひとり通らなかった。私は、首をすくめ、ガタガタ震えながら歩いた。北へ数百メートル歩くと、引き返して南へ歩いた。そしてしばらく歩くと、また北へ歩をむけた。同じ道を無意味に往復する私の脳裡に、いつのまにか、クルリと背をむけて私を無視したGさんの姿が浮かんでいた。

私は日ごろ、「仕事に貴賤はない」という常識的な言葉を確信していることで、自分を励ましていた。

しかし、あのような現実に直面すると、私の胸の中の強がりが、銅線のようにへナヘナ曲がってしまった。私は立ちどまり、「仕事に貴賤はない！　ない。ない！」必死で叫んでしまった。夢中で叫んでいる声は、かすれて声にならなかった。私の目からせきをきった冷たい玉が、ほほをつたって、足下の暗い雑草にころがりおちた。

八月

親友Yに誘われ、夏山に登る。山といっても、頂上まで十五分とかからない。正午近い太陽熱が、腰をおろした岩をこがしていた。立ったまま、眼下のダイヤのようなきらめく川面に見とれる。川の両端に平行線を引く土堤の緑も美しい。

私とYは、春まだ肌寒いころからよく野山に遊んだ。日常のなんとなくよどんで流れない二人に共通した胸の芥を、きれいに洗い流すためだ。きょうも、Yの母が包んでくれたおにぎりをもって、登ってきたのだ。

私は、Yの不屈の精神に感心する。私より不遇な環境を歩んできたにもかかわらず、ほがらかで、心の底から笑うことを知っている。自分が求める美をさがしだす能力を宿している。

土堤の草にうもれて、私たちはお弁当をひらいた。Yは「私は、いまとても絵が書きたい」といい、帰宅後これから毎日デッサンをこころみるというのだ。「私…」私の頭は空洞だった。しかし、私も青春をむだにはすごさないつもりだ。

夏季休暇を利用してアルバイトにきている数人の大学生が、班長さんに引率されて、職場へ見学にやってきた。みな、ポロシャツとかカッターシャツとかの軽装であった。その青年たちをそれとなくながめていた私は、ドキリとした。思いもかけない二つの顔があった。中学を同級で卒業したEとKである。私はとっさに顔をそらせた。

「ここで、厳密なバルブの検査が行われ、あの水槽の中で洗われるのです」暑気をついて、静かに説明する班長さんの声で、私は見学者が自分たち水洗いをしている者から目と鼻の先に接近していることを知った。バルブをもっている私の手がブルブルふるえ、いつもスッと入るブラシが、二度も三度もバルブの筒の的をはずれた。

長靴と前掛けの自分、その作業姿をただ、英明な視線のなかに、封建時代の身分の低い農民のように頭をうなだれてさらしているのが、たまらなくつらい。そして、はじいって卑屈になっている自分の気の小ささも、腹立たしい。私の目頭に、露が無数にわいてこぼれそうになるのをおさえるのが、せいいっぱいであった。

床の上をぞろぞろ歩くたくさんの靴音が次第に薄れて、アルバイト学生は去った。それでもしばらくは、私のバルブを持った手と身を支えている両足と、そして、胸深くに大きな物体を投げつけたあとに残る振動、それに似た小刻みなふるえはとまらなかった。

十月
きょうそうじしているとき、入社まもないOが、「私たちの班は、勉強のできん人がまわされるんやって、他の班の人がいうんですけど、ほんとですか?」と不安なまなざしで私にたずねた。私は、その突然の質問に夢中で否定した。そして私は、

Oをそんな屈辱から救ってやりたい思いで、一生懸命に道理を説明して、否定しつづけた。

洋裁学校での事件、あの日以来、私のかたわらを素通りするようになったG、EとKが見学にやってきたときのはげしい心の乱れ…、今思いだしても、不愉快なことばかりだ。だから私は、ひょっこり私の職場に姿を現す友人、知人、顔見知りの人、それらはじめて私の作業姿をみる第三者の目をたえず心の奥深くでおびえているのだ。あわれみとも同情とも受けとれる第三者の目を、ねじけた心が受けとめるのだった。

ずうっと以前、その苦しみを友人のVにうちあけたことがある。課こそちがうが、人生観とか趣味の面でも尊敬させられるところから、私は彼女を慕っていた。「そうネー私が検査にいく□□課ネ、あそこも少し特殊な仕事をしてるんよネ。私たちがたまに行くと、自分たちの仕事を見られたくないと思うのかしら？　なんか冷たい目がはね返ってくる。見るほうは、見られている本人がひがんでとるほど、なんとも思わず見てるんだけどな――」といった。はたしてVさんのように寛容な目を、幾人の人がむけてくれるであろう？　と思うその反面、反省したものである。

その私に、Oの質問である。うち沈んだOに否定しつづけている私自身、どうすればそんな偏見から救われるだろうかと考えつづけているのである。

昭和三十五年

二月

友人Yの知人Aに、俳句部へ入部するよう勧誘された。H氏は、△△課の上役であった。仕事の関係で、同じ課の上役とさえ接する機会のなかった（現在、上役と一般作業員と懇談会がよくもようされているが）。私は、H氏を雲をみるような遠隔の敬意をいだいて、身をかたくした。その上、机に並んだ人々は私よりずっと先輩で、いちおうの風格をそなえた人ばかりであった。

しばらくして雑談が静まり、正面に座っているH氏が、タバコをくゆらせながら、体をのり出すようにして、太い声で俳句の講話をはじめたとき、私はホッと胸をなでおろした。H氏の顔には人に親近感を与えずにはおかない要素がみなぎっていた。歌舞伎俳優のような渋みと寂をにおわせて、大きく造作されている顔に光る目は、一見、人の心をみすかす鋭さがあったが、その目が細くなって、口に白い歯がのぞくと、暖かさがただよった。

H氏の人間的な暖かさ…それが、七歳のとき失った父への憧憬を、ふっと私の胸にかきたてた。結果的に、私は作句を通じ、H氏を私の人生の指導者にしてしまった。

そうこうするうちに、日常の喜怒哀楽や自然美の感興を俳句で表現する技巧を、H氏から直接的、間接的に指摘されながら学ぶことによって、私は周囲の素朴ななかに、おどろくほどいろいろな美を発見できるようになっていた。その上、趣味を通じて自分を理解してくれる人々を得た。それは、すばらしい幸せなことであった。

私は、「もう、少しのことで悩んだり悲しんだりしないぞ!」と、心の中で誓った。私の仕事を他人が、どう思ったっていい、私は私なりに、一生懸命生きるのだ。そんなことも誓った。そして私はきょうの日記に、

——夢守り枯れ野を窓に仕事する——

と、たどたどしい俳句をしるした。

## 十一月

昭和三十六年

課内慰安旅行で、枚方菊人形をみてきた。そこで、私は思わぬものにめぐりあい、自分の仕事の社会的使命をチョッピリ意識させられた。

菊人形の催しものは、西遊記であった。孫悟空や八戒に見守られて旅する三蔵法師の行く先々の事件を、大胆な技巧と壮大な装置で飾り付けてあった。とくに孫悟空が敵をほろぼすため、我が身の毛から仲間をふやす場面は、天上いっぱいに小猿がぎっしりぶらさがっていて、壮観であった。黄、赤、青、種々の照明ライトに浮沈する菊人形、その美しさと痛快さに瞳をこらしながら、私は歩をすすめていた。

しばらくして、Mさんが私の腕をグイと引いて、「ホラ！　あの蛍光灯、私たちが手で洗っていたころのやわ」と、天上を指した。館内の通路を照らしている蛍光灯は、まぎれもなく私たちが二、三年前に生産した、古い型のマークがついていた。

昨年の春、新工場が完成し、夏にはそこへ職場が移動した。建物の中の最南端の、青空、すがすがしい大気、その明るさがみなぎる部屋が、いま私たちの職場になっていた。そしてそこには、何百万何千万という投資のもとに、ウォッシングマシンがどんどん設置されている。その最初の機械のすえつけを、私はどんなに不安と歓喜のまなざしで見守ったことだろう。

像のような巨体、その巨大なマシンは、歯車と歯車をかみあわせ、種々の鉄腕をかみあわせながら、いとも簡単に早くきれいにバルブの洗浄と乾燥を、そしてマーキングをやってのけることか。

私とMは、いまはいたずらっ子らしくすすけた顔で笑っている、いとし子たちとのめぐりあいに、なつかしさとうれしさに胸をはずませながら、列からはみでて、天上に微笑をむけて歩いていた。

五月　　　　昭和三十七年

マシンのスイッチを止め、コンベアを停止する。ブザーの連絡応答に「万事OK」そうつぶやきながら、過去を想い出していた私は、そのときにかぎって、ウォッシングマシンを操縦している自分に、なにか異様な感慨が胸をしめつけてきた。

いまの私にとって、職場に存在するすべてが、私と切り離せないなじみで、私とつながっている。班のみなとは、親友ほどの交わりはなくとも、もしだれかが欠勤したり元気のなさそうな顔をしていると、無関心でいられない。また、逆にほがらかな顔に出あうと、何がたのしいのか自分に話してもらえないものだろうか、と考える。

機械を運転するにも、そうだ。湯を沸かす蒸気の音、歯車の摩擦する音、バルブの転がってカチあう音、職場の中に響く音はすべて、私の身体に浸透している。どんな大きな音も小さな音も、故障がないかぎり、一定の音量と和音を維持して、私の目と手の動きに深い関連をもって結ばれている。

職場の移転、作業体制の変化、そして長く短かく私に接して行き過ぎる人、変化に変化を重ねる職場での七年間の思い出、それらは悲喜こもごも、ブドウの房のように私の心に、無数にぶら下がっていた。その中の古い実の一粒、一粒に映える私のおさげ髪姿は、いかにささいな、そして薄っぺらな壁にも転倒したことか。そしてそのころの私は、ころぶと容易に起きあがれなかった…。しかし「いまの私の体内には、勇気という鉛が沈殿している。たとえ何かにつまずいたとしても…」

そんなことを一人でつぶやいていると、

「ネー、もうおわりましょう」という同僚の声がきこえた。時計を見ると、ベルが鳴る寸前であった。私は、油をふきとっていた機械の影から声の主に応答しておいて、そうじ道具をすばやくかたづけた。

完

*

この作品が「東芝ライオフ」に掲載されたとき、東芝堀川町勤務の技術員だった吉田英彦さんが、感想文を姫路工場へ寄せてくれた。そのとき私はすでに退社していたため、O事務員さんがその手紙を実家へ送付してくれたのであった。

それを母が、働いている作家獅子文六邸へ送ってくれた。

その後の詳細は二〇〇三年に影書房出版社から上梓した『獅子文六先生の応接室』で書いている。

技術員だった吉田氏はウォッシングマシンを開発設置に関わった体験で、私のこの『起上り小法師』に共感し、感想を寄せてくれたのだ。

そして私がその手紙を持っていたことで、三十年の時を経て、東芝本社に副社長に昇進されていた吉田氏と、対面が叶ったのであった。一九九四年の機関誌「東芝ライフ」にその時の握手をしているツーショットが、掲載される光栄を得たのであった。

その後は年賀状で親交が続いているが、現在世に問われている、会計処理不正の東芝の現状は最悪の状況である。退職されて久しい八十八歳の吉田氏の無念さが伝わってくる。勿論、私にしても私が勤めていた姫路工場が撤廃され、その頃の上司や共に働いていた多くの知人は、数名存在しているが、ほとんど世を去っている。寂寥が岸辺の波のように満ちる日が多くなった。

しかし、つくづく私は思う。経済は激しく動く生き物だと。心配していた東芝の不正処理の戦いは、必死でそれに携わる人たちの修正と努力で回復の兆しを見せ始めている。

吉田氏に多少の安堵が芽生えているのではないか。また私が娘のころに、八年間身を置いて働いた職場だ。くしくも、夫が起業し、夫の亡き後、甥が継いでいる会社の受注先の主は東芝と東芝関連会社である。私にしても東芝の動向が気がかりであるが、微小の光を、意識できるようになってきている現在である。

東芝ビルで30年後に初めて対面した吉田副社長と著者

# 油断

その日は平凡な秋日和であった。

依頼していた来客を迎えるため、午前十時に私は自宅から車で五分と掛からない、名字を冠したF鉄工所へ行った。そこは道路が東西に貫通している。南側は春には桜が、真夏の炎天下では夾竹桃が彩る深い樹林がある。そのまた南前方は瀬戸内海である。海岸沿いには、広畑区と大津区の二町を跨いで帯状に「新日鉄住金」がある。数基有った溶鉱炉は、鉄の需要が激減して撤去されて久しい。

この地域は干拓地の勘兵衛新田と言われ、大小の種々雑多な工場が乱立している。F鉄工所はその一角で、従業員三十人前後をキープして営業している。

数社の親会社の下請け中小企業にしては、今年で二年連続の予想外の利益が出た。予定納税額はまた、目をむくほどであった。

夫が鍛造金型製作所を創業し始めて紆余曲折の末、現在、主に電気機器関連の精密機械加工工場として営業している。創業六十周年を迎えて新築拡大した。その頃から夫は体調を崩すことが多くなり、実弟に社長を譲った。その数年後に、自分の一人息子が継ぐ意志がなく、実弟の息子に意思確認して継がせた。

「社長は怒らんと、上手に営業する。当社の要望をちゃんと伝えて仕事を契約している」

夫は任せた甥の社長を絶えず褒めていた。

最近の鉄工所は、長い修業を積む職人を必要としない。NCフライス、NC旋盤など、電子化された機械で、作業員は図面を見ながらキーボードの数字を器用に動かすことで、製品を仕上げていく。手作業の油だらけの服で仕事をするイメージは昔のことである。工場内の近代化へチエンジした流れの中、社長の営業の努力も実り、次第に利益を生んでいった。

社長交代後も経理を担当する私は高利潤を得た未経験の状況に、節税の必要を感じた。

夫の営業時代は節税を考えるほど利益が出なかった。むしろ仕上げた製品に値引きを持ち掛けられると、夫は癇癪を起こして喧嘩になった。勿論取引が絶たれた。当然売上は下がり、たえず赤字経営になりがちだった。

「わしは職人や。仕事のことで文句付けられたり、値切られたら、辛抱できんのや」

気性荒い夫ではあるが、「ボウリング」や釣り大会、花見、日本各地への慰安旅行と、従業員の福祉への支出を惜しまなかった。不況で赤字状況であれ、ボーナスを支給した。自身が雇用されていた時、ボーナスを支給されなかった悔しさがあるのだと吐露すると、ボーナス資金調達に私を銀行へ向かわせた。

そんな調子の営業状態のころは、資金繰りで私を絶えず悩ませた。が、最近は税金対策という異なった問題が発生した。

「儲かったら、税金を払うのが当たり前や。節税など、ややこしいことせんでええんや」

直接の経営をしりぞいて、相談役の身である夫は、暢気なことを言った。当然脱税は許されない事であるが、先の設備投資の準備金や不振になった時の備えを考えて、節税の方法があれば社長と私はその方法を試みたかった。

今回その主旨で、知人の頭脳明晰さを秘めた若い女性を伴って、来社してきた痩身で若年の証券会社の係長は、我が社の精悍な恰幅のいい社長と対照的で、柔和な表情を談話中崩すことがなかった。

証券会社の人は節税の最もいい方法として、当期の損金計上になる保険を勧めた。その提案に納得する形で保険の契約を取り付けた。

依頼の目的が成立して客の二人を、門の前で私は社長と見送った。遠ざかる車の両側は、細い若木の銀杏並木で、黄葉が始まっていた。葉の付け根には青い実を鈴なりに孕んでいた。

丁度正午に私は帰宅した。会社を休んで歯科医院へ行っている夫が、もう自宅で昼食を待っているはずである。総菜を買いに立ち寄ったスーパーは「火曜市」があって、買い物客で混雑していた。夫はお酒が飲めない。しかし無類の刺身好きであった。人をかき分けて向かった魚の陳列台には、種々の刺身が、積み重ね盛り上げて売られていた。

「ヒラメと、タイと、イカと」

パック入りの刺身は新鮮な上に適量であった。夫の喜ぶ顔を浮かべながら、夫の好きな刺身ばかりを選んで私は買い物籠に入れた。

帰宅すると、夫はすでに帰っていた。

「寒かった。パッチを穿く」

夫は昨年に免許証を返納し、注文して届くまでの借り物である、徒歩より少し速いだけのシニアカーで歯科医院へ行っていた。それは困いがない。夫は初秋の風をもろに受けて、身体を冷やしていたのにちがいない。食堂の隣の自分の部屋へ行ってパッチを穿いてきた。そして、食卓に私が置いた刺身が目に付くと、

「歯科医院に入れ歯を預けて、修理できる夕方に、また入れてもらいに行くのや…、この刺身、歯が無いけど食べられるやろか」

ご飯が無くても刺身があれば満足な夫は、台所から小皿と箸を持って来た。そして、

「刺身醤油を入れてくれるか」と言った。私は夫が差し出した小皿に醤油を入れてやった。夫は座る間も惜しんで、立ったまま、

「おいしい」、と言いつつ食べ始めた。その声を聞いて、

〈ほんまに刺身が好きなんやなぁ〉、私は感心しながら、会社から持ち帰った数冊の帳簿を、昼食を用意する前に二階へ持ち上がった。

〈たとえわずかでも節税できてやれやれや〉

私のそのときの脳裡は、経営の複雑な経理の対処方法への思いが、大きく占領していた。

その耳へ、「ドン、ドン、ドン！」、と階下で激しく戸を叩く音がした。最初私は、

〈また、何をドンドン叩いているんやろ？〉

夫の私を呼ぶときの何時もの悪戯ぐらいに思った。慌てることなく階下へ降りて来た。そこに、夫が口に泡を噴いて、うろうろしながら苦しみもがいていたのだ。

私は咄嗟に、夫の口へ手を突っこもうとした。入らなかった。台所から水を汲んできて飲ませようとした。水は噴きこぼれて散ってしまった。そのうち顔がますま

す苦しみで歪んでいく夫は、座った椅子から床にずり落ちて転がった。

九十九歳で姑さんを見送るまで、私は高齢者の誤嚥《ごえん》の危険を何時も気に掛けていた。もしもの誤嚥の際は、掃除機で吸い取ればいいのだと。が、三年前にその知識を使うこと無く、姑さんを見送っていた。

「どうしょう。どうしょう」

私は半泣きで、大柄だった身体が何度もの大病で手術するたび細くなり、背も縮んで小さく感じられる八十一歳の夫の仰向けに転がった口に、掃除機を運んで管を銜えさせた。

管を銜えた夫の口が、「ゴボ!」と鳴った。詰めた刺身が「取れた!」と思えた。そうしながら私は救急車を呼んでいた。が、連絡が取れていないと思った私は会社の社長に応援を求めて救急車を呼んでもらった。

駆け込んできた救急隊員による心臓マッサージが始まり、懐中電灯で照らす血で染まった口内から、糸縒りのような長い大根のツマがピンセットに挟まれて出てきた。AEDの電気ショックで夫の身体がビクッと動いた。

そのとき救急隊員が、メモに記入しつつ落ち着いた表情で「見込みがありますから」と病院へ連絡をすると、登攀の趣味を感じさせる、小太りで色黒い医者が駆けつけてくれた。

「奥さん、奥さん、乗って」、おろおろするばかりの私は、散乱した後を飛んで来てくれていた職長と社長に任せて、ドクターカーに乗り込んだ。

病院へ到着すると同時に、駆けつけてくれた医師に問いかけられた。

「ご主人は心臓が止まってから、どのくらい経っていましたか」、「止まっていた？」

混乱で思考の纏まらない私の顔を凝視しながら、ゆっくり問う医師に私は答えられなかった。救急隊員に心臓マッサージを受けていた夫を見ていながら、誤嚥の事実以外、心臓停止の現状を把握できていなかった。

「心臓停止後六、七分内であれば、助かったのですが、現在では意識回復の見込みは、九九パーセントだめで、強いて言えることは、一パーセントの望みがある…でしょうか」

言いにくそうに、目を宙に浮かせ、医師からたった一パーセントしかないと告げられていながら、全身空洞状態だった私は、意識回復の希望が何倍もあると感じ取っていた。

治療を願い、夫の意識回復を信じた。そして、刺身を食べかけたあのとき、危険を感じ取れていたら、夫の誤嚥を防げていたにちがいないと思った。

しかし正直、帰宅直後の私の脳裡は、会社の会議室での節税に関した談話が、濃厚に尾を引き、夫に寄り添う状況を断っていた。

「歯が無いけど食べられるやろか」と言う夫のためらいに反応していなかった。

リンゴさえ小さく切ってくれと言っていたのに、ご飯は喉を通りにくいからと、雑炊を味付けの上手な娘に炊かせるようになっていたのに、最近は、頼まれなくても固い物は小さく刻む習慣が付いていたのに、刺身を食べかけたそのとき私は、刺身を小さく切る意識が微塵も働いていなかった。

救急車で運ばれたS病院で二週間入院したものの意識は戻らなかった。S病院に「この病院は元気にして退院させる病院であるから転院を」と告げられた。そのとき、すい臓癌の手術後二十七年間、検査や治療で命を守ってもらったI先生の「その患者は私がずっと看てきた人だから最後までこちらで治療します」という願ってもない伝達があって、T病院へ移った。が、意識不明のまま治療の施しようも無かった。誤嚥から二カ月あとに普段から「延命治療をしない」と、主人と私は話し合っていたこともあり、家族で相談の上延命治療を断って夫は世を去った。五人の子と婿二人と、四人の孫に見守られながら。

日を経ても私の脳裡は、悲しみや寂しさよりも、油断した後悔のみが脳裡に隙間も無く増幅されていった。涙の一滴さえ出なかった。

夫があの世へ去る二カ月前の夏であった。お盆を間近に控えて、姫路市立南大津公民館で、夫が趣味で撮っていた写真の個展が催された。

「素人の写真やのに、個展を開いてもろて、恥ずかしいなぁ。それでも、嬉しいわ」

公民館の柳田補助員の一言が縁で井上公民館長さんの要請を受け、夫の写真展が、夫を夢心地にさせて開催されたのだ。
「公民館始まって以来の来場者や」
館長さんの呼びかけの努力も奏して、観覧者は予想以上であった。館長さんを満足させた鑑賞者の一人ひとりに、撮った時のエピソードをあれこれ夫は説明していた。大病を何度も重ねて生きてきた八十一歳の疲れやすい身体のことを忘れ、楽しそうに説明していたのだった。

死後二カ月経っても私の脳裡には、夫の姿が濃厚に貼り付いていた。公民館で来館者を前に説明をしながらいきいきして、喜んでいた姿が。

春一番の突風が吹き始めていた。そのころ私は一カ月に一度参加している神戸の「カレーの会」へ参加した。その会は島先生を囲んで、親しい人たちとあれこれ談話しながら会食する会であった。そこで文化的空気に触れる楽しみがあった。が、久し振りに訪ねた私へ、

「あなたに、してあげられる事が、何もないけれど」と、筆一本で人生の辛酸を乗り越えてきたという島先生が、息苦しいほど、しっかり両腕で私を包み込んでくれた。部屋の真ん中で立ったまま。その腕の温もりに、心の硬いガードが破られ、初めて流れ始めた涙を、私は止めることができないでいた。

ことばをつむぐ

昨年は夫が亡くなり喪中であった。年賀を失礼した。が、今年は例年通り賀状が届いた。その中に、私の心をゆさぶる賀状があった。

——お別れしたまま、もう、見放されていたと、思ってばかりいました——

詩人の月村香さんから届いた賀状であった。

私は二年前の春に、詩人の大西隆志氏から月村香さんを紹介された。そして月村さんから『牛雪』という詩集を送ってもらった。それからの交際の始まりであった。

月村さんの詩集は題名からして幻想的だった。どのページをめくっても純朴な女学生の人の詩かと思わせた。

シュールな世界を完成させた西脇順三郎の世界に似通って、生活の中の普通の物体と感情を幻想的なことばで汲みとって、ことばがつむがれていた。

『牛雪』

わたしは今名前を変えて牛雪となる。それはりっぱな雌の牛だ

そのような書き出しから始まる詩は、『牛雪』という題名になっている。理解しがたい謎めいた題名からしても、普通の人は理解できないと思うかもしれない。しかし、ゆっくりことばを咀嚼すると、不思議と作者の悲しみや不安、寂しさや要望、子どもへの断ち切れない思慕が、無条件で読む者の心へ浸透してくるのだ。私はいい詩だと思う。

しかし、月村香さんは私の詩はどこへ応募しても入選しない。と嘆かれる。いつか、入選できるいい詩を創りたいと思っている。そして、

――わたしは一日に一葉の手紙と　別葉のフランス綴りを送っているので　五十円葉書を使って一日百円の通信費がかかります――

そんな「有象無象」という詩を書いている。

私は彼女こそ詩人だと思う。生まれたままの無垢さ、そのままで娘になり、母に

なった大人。今の純粋なこころを崩さないで、詩を創作して欲しいと思う。誰も真似のできない彼女の詩の世界を創造することこそ、大事だと思っている。
私は枕元にこんな小さな一編の詩を飾っている。作者は姫路文学館の学芸員をしているTさんの父上の詩だ。

あの青い壺を
求めた屈折の民
は愚かにも
左方の道を
選んで砂の
なかを彷徨する

Tさんの父上は、若い頃から文学に関わってこられた方だと聞いている。その程度しか私は知らない。しかし、私の心を捉えて放さない詩だ。自ら絵を書き、額も自分で作って、自身がペンで書き込まれた詩だ。

もう、十数年前になるだろうか。姫路文学館で「文学の青空市場」が催された。それは自作の文芸作品を出展し、販売する催しであった。その「市」で私は気に入って購入した。

Tさんの父上だと知らないで買ったが、2004・1、とした際に、「龍」と名が書き込まれていた。それでTさんの父上の詩であることを知った。だからと言って、この詩人のことを深く知ろうとしてきているわけではない。が、短い数行で紡がれた詩の世界は、詳しく語らなくても、その人の生きてきた社会、その詩人の思想、悔恨、自嘲までも、ひしひしと訴えてくるのだ。この詩だけは、何度、口ずさんでも、私の魂を揺さぶってくる。

私も詩を書く。しかし私の詩はエッセー風で、上手とはいえない。しかし、「神戸ナビール文学賞」受賞詩人の大西隆志さん、「姫路市芸術文化賞」受賞者の高和幸さんなどをはじめとして、神戸市民の学校の講師であった君本昌久、青木はるみ、安水稔和という先生方と、その学校で共に学んで知り合った自分の夫の死さえユーモアの域で詩に仕上げてしまう友人の井之上幸代さんの詩集などが本棚に並んでいる。

彼女が加わる「ア・テンポ」の詩誌を編集発行し続けているやはり神戸市民の学校で共に学んだ玉井洋子さん、山口洋子さん、牧田榮子さん、つい最近詩集を発行したばかりの山本真弓さんなど、沢山の詩人も身近にいる。

その人たちは詩集を発行すると送ってくれる。それらの詩集は当然であるが、各人各様創作されている世界が違う。読んで自分にフィットしてくる詩もあれば、理解しがたい詩もある。

私は文章の普遍性を求めてはいない。しかし、こころに響く何かを、創作された空間に求めないではいられない。

最近、詩人の詩集を出版発行してきて、交流ができ、長年の付き合いのなかで、詩人たちの死に遭い、追悼を書いてきたという、涸沢純平氏が、『遅れ時計の詩人』を上梓した。十年前にまとめながら、出版の決心がつかなかったものを、自身が見送った詩人たちの年齢を迎えてしまう今を顧みて、出版の決心がついたのだと、記述してあった。

その作品に登場している足立巻一先生と小島輝正先生は「Ｋ新聞読者文芸欄」へ応募を続ける私の創作上で細い糸で繫がっていた。繫がった私の細い糸の知らない日常で、涸沢氏は太い糸で結ばれていたのだ。

それにしても、その著書に登場してくる詩人たちは世に知られた人もいるが、おそらく、あまり知られていない詩人たちだ。無名に近い詩人たちだ。その人たちを大切にされてきた出版魂は、涸沢氏自身が「ことばをつむぐ」文学の深い理解者であること意外に他ならない。

私が好きな詩の作者「龍」氏も、同時代の詩人たちの間で、名を知られていたかどうか知らない。が、私にはそんな詮索は必要ないのであった。その一作に「つむがれたことば」の重みが、私の魂をゆさぶってくることが重要であった。

月村香さんの純朴で幻想的な詩の世界も、私のこころを捉えて放さない。私の好きな詩だ。次回の詩集が送られてくるのを楽しみにしている。いや近々また、新しい詩集が送られてくるということだ。

*

# 日常と創作との間

松岡　健

一九六九年に出版された石牟礼道子氏の名著『苦海浄土』は、九州・熊本の漁村で起きた水俣病について克明に記し、この公害を広く世間に知らしめた。「きき書」と題した水俣病患者の語りがあることに加え、医学的な報告書や議会への請願書を詳細に引用する構成などから、社会問題を告発するルポルタージュとみられることが少なくない。だが、そうではない。第一回大宅壮一ノンフィクション賞に選ばれながら、石牟礼氏が受賞を固辞したというエピソードが、それを端的に物語る。

「白状すればこの作品は、誰よりも自分自身に語り聞かせる、浄瑠璃のごときもの、である」と作者本人が書くように、『苦海浄土』はジャーナリズムではなく文学の範疇にある。石牟礼氏の執筆活動を支えた渡辺京二氏は、これを「私小説」と位置づけ、同時に「事実にもとづかず、頭の中ででっちあげられた空想的な作品だなどといっているのではない。それがどのように膨大な事実のデテイルをふまえて書かれた作品であるかは、一読してみれば明らかである」と述べている。

多くの文学作品は、体験的な事実と創作との間《あわい》にあるように思う。例えばエッセーと私小説の境目なども、元々それほど明瞭ではないのかもしれない。五十代からエッセーを書き始め、広い世代の共感を集めた須賀敦子氏の『ミラノ 霧の風景』『コルシア書店の仲間たち』などの作品群はまさに、その境界域にある好例であろう。

福本信子氏によるこの『K先生への手紙』は短編小説を集めたものだが、須賀作品とは逆の視点において、私小説とエッセーとの間にあるものと言えるのではないか。作品集は七編からなる。福本氏は中学生のとき、級友から「私らも小説を書こう」と誘われ、それ以来、幾度かの中断を狭んで文章を書き続けてきたという。そんな作者が、文学との接点を底流に置き、身のまわりの出来事をモチーフに創作したものである。

表題作の「K先生への手紙」は、「私」が憧れ、尊敬しながらも生前に会う機会がなかったフランス文学者「K先生」への書簡の体裁をとった一編である。その尊敬の源泉は、「K先生」が記した「おびただしい数の無名の書き手たちの作品を私は読んだ。それらの書き物は、そのほとんどが、だれに読まれるでもなく打ちすてられてゆく。せめて俺が、それを読むべきではなかろうか」という姿勢にあった。「無名の書き手」が集う同人誌に目配りを続けたその人間性に「私」は感銘を受けていた。

だが「K先生」の没後十年記念集会で、「私」は耐えがたい光景に遭遇する。広く敬意を集めた文学者であるにもかかわらず、その著書が無料で配られていたのである。その現実に「私」は心を痛める。

「幽かな希望の光が消えていってしまいそうな。軽やかだった心が、バイオリンのきぃーきぃーと奏でるメロディーに湿っていくような。明るかった脳裏へ灰色の暗雲がどんどん押し寄せ、流れ込んでくるような。何とも説明し難い重苦しさと、悲しみに襲われていったのです」

作者には、東京の書店で自作詩集の扱いを厳しく断られるという体験があった。その苦い記憶を重ねつつ、書くことの尊さとはかなさを読み手に伝えていく。それは、作者の漠然とした思いや虚構ではなく、事実と推察されるエピソードに基づいているからこそ、説得力がある。

そして作者はそこにとどまらない。「K先生」の批評を乞う一遍の小説を、作中作として差し入れる。入れ子構造の試みを成立させている。挿入した小説では、小学校四年生の「私」が、近所の小父さんから「あんたのお父ちゃんは、小説家になりたかったんや」と聞かされる。この言葉は、福本氏の文学の原点となるのである。

「島先生と『カレーの会』の人たち」は、作家の島京子氏を囲む定例の会食を題材にしている。「カレーの会」の名称は福本氏が名付け、それが定着したのだという。この会食には「作家の卵らしい人、歌人に医師、市や県の職員、大学教授や画家、書道家、新聞記者など」が参加する。「一番文学に近い土壌に立っていられる」

この場所は、作者にとってかけがえのないものだ。作品では、参加する個性的な人たちを、愛情と敬意に満ちた筆致で綴っている。

「もえつきる炎」では、女優杉村春子の舞台を見た体験を語る。福本氏は二十代の頃、作家獅子文六宅に住み込みで働いていた経験があり、この大女優と間近に接している。作者の分身である主人公の「ハル」にはその時代の記憶があり、舞台上にいる晩年の杉村春子が「表情に冴えを失っていた。くすんでいた」と映る。だが、同時に「まるで火鉢の中の炭が、燃えながら次第に白い灰になり、今にも形を崩しそうになっていながら、芯の部分に、真っ赤な、花のような小さな炎を、抱え込んでいる」と例える。人生の終幕に近づくその尊厳に満ちた姿を、作者は懸命に書き留めようとしたのかもしれない。

「起上り小法師」も入れ子構造の作品である。作者が二十二歳のとき社内機関誌に応募し、入選した短編小説が収められている。工場勤務の日常を日記風に書いたものだが、傷ついた心持ちで星空を眺めるシーンの描写などに、経験の乏しい年齢の作とは思えない非凡な才気を感じる。

「油断」は、夫の死とそれにまつわる後悔という重く、難しいテーマを扱った。自らの胸に納めておきたいはずの不測の事態とその後の激しい動揺を、作者は一つの小説として昇華させるように筆を進めたのであろう。

「私」が用意した食事を、八十一歳の「夫」が誤嚥してしまう。「治療を願い、夫の意識回復を信じた。そして、刺身を食べかけたあのとき、危険を感じ取れていたら、夫の誤嚥を防げていたにちがいないと思った」。だが治療のかいなく、「夫」は二カ月後に他界する。「悲しみや寂しさよりも、油断した後悔のみが脳裡に隙間も無く増幅されていった。涙の一滴さえ出なかった」

涙さえも出ないという後悔の深さは、想像を超えるものである。しかし最後の一行で、その涙が印象的に描かれる。ラストシーンに至り、「島先生と『カレーの会』の人たち」とのつながりに、あっと声を上げそうになった。日常と創作とを行き来する作者であるから当然といえば当然ではあるが、本書に収められた作品は、それぞれが独立しつつ、分かちがたく結びつき合っている。

詩人の茨木のり子氏にこんな文章がある。

「自分の思いを深く掘り下げてゆくと、井戸を掘るように掘り下げてゆくと、地下を流れる共通の水脈にぶちあたるように、全体に通じる普遍性に達します。それができたとき、はじめて表現の名に値するといえましょう」

福本氏はそれぞれの短編から、この地下水脈を目指したのだと思う。同様に「おびただしい数の無名の書き手たち」の一人一人が、自らの場所から地下水脈の採掘を進めているに違いない。

「作家志望であった父が、私に遺していった遺伝子」が、作者を文学の世界に誘い、書くことを続けさせた。この作品集は、もしそれがかなうのであれば、作者のご尊父に読んでいただきたかった。愛娘が書いた本を手にすることができたなら、どれほどの喜びに包まれたであろうか。

あとがき

書く者にしか理解しがたいことかもしれない。もう、活字の書籍など読まれなくなっていると言ってよい時代である。それを承知でまた本を上梓することにした。私の油断による夫の不慮の死が、じっとさせなかった。私は原稿用紙をうずめているとき、日常の最も苦しい状況を忘れることができた。

これまで出版してもらっていた東京の出版界では重鎮として一目おかれている影書房の松本昌次氏が、高齢で退かれた。

今回、松本氏と島先生が推奨する編集工房ノアさんに出版をお願いした。私は厚かましく有無を言う余裕を与えることなく、拙作を持ち込んだのであった。

私は今回の出版にあたって、自分のこだわりで、非常に多忙な松岡健氏に跋文をお願いした。松岡氏の新聞記事「論」のファンでいたことがそうさせたのだ。

表紙の写真の依頼にしても、岡本好太郎氏が姫路在勤中に、姫路城を斬新な写真で取材していた記事に魅了された思いが、私を厚かましくさせたのだ。八年前の詩集『続ふるさとの城』の発行の時にお願いして、今回で二度目になる。ふたたび依頼する勇気があったからこそ、得がたい一枚を表紙にすることが出来たのだと。自己満足している。

「島先生と「カレーの会」の人たち」の作品では、島先生と石井先生が拙作に一切の注文を付けること無く、自由に書かせてくれたことに、この上ない喜びを感じている。他の登場者も同様、拙文を責めることなく寛容でいてくれたのは感謝に堪えない。

出版に漕ぎつけたものの、今回の出版ほど作品によっては、恥ずかしい過去をあぶり出したことはない。発表の決心とはうらはらに、心に重いものが沈んでいる。

松岡健氏の文学的な論考の跋文によって、救われた思いがしている。松岡氏への感謝が満ちている。

三女には「獅子文六先生の応接室」で、内扉の絵を描いてもらった。今回も子育てで忙しいなか、描いてもらった。ありがとう。

末筆になりましたが、出版に際して涸沢純平様には、ゆき届いた御配慮いただきましたこと御礼申し上げます。

福本信子

平成三十年五月五日

下から二列目、向かって右から三人目間から顔を出しているのが父。建物の右側に、堺小児保健所の看板がかかっているが、どういった集合写真なのかわかりません。この写真について何かおわかりの方ありましたら TEL 079-273-3626へご連絡下さい。福本信子

本書協力者プロフィール

**松岡　健**（まつおか・たけし）
1963年　大阪府生まれ
1988年　立命館大学文学部卒業
同年、新聞社に入社。社会部、文化部などで記者として勤務。2014年から３年間、姫路に赴任した
神戸市在住

**岡本好太郎**（おかもと・こうたろう）
1969年　福岡県生まれ
1993年　新聞社に入社
写真記者として、兵庫県内外で取材。2006年から３年間、姫路で勤務した
神戸市在住

**山中三絵子**（やまなか・みえこ）
1973年　姫路市生まれ
1990年　大阪芸術短期大学デザイン科卒業
東大阪市在住

作品掲載記録

★『神戸新聞文芸』に入選掲載作品
一九九四年六月「一緒に綱を……」
一九九四年十一月「やさしい人」
二〇〇一年一月「着物の染み」
二〇〇二年二月「すず虫」
二〇〇七年一月「家のおばあちゃん」
二〇〇八年五月「ふしぎな長寿」
その他「ショットバー」「一生を職人で」「古本屋さんがやって来た」「ユナの好きな居場所」など多くの短編の佳作入選は添削加筆して収録。

★読売ファミリーニュース
（掌編シリーズ）
二〇〇四年十月「石橋をたたいて」
二〇〇五年七月「もどれない道だから」
二〇〇六年五月「好きなこと」
二〇〇七年六月「町を動かす人」

福本信子（ふくもと・のぶこ）
1963年　東芝短編小説佳作入選
1985年　中内　功（ダイエー社長）懸賞論文入賞
1990年　西姫路「ふるさと新聞」ドリームおばさんエッセイ連載
（17年間収録「ドリームおばさん」2007年出版）
1994年　講談社出版サービスセンターにて「ふるさとの城は」詩集出版
2003年　影書房にて
「獅子文六先生の応接室」―「文学座」騒動のころ―出版
2006年　第30回　井植文化賞ノミネートされる。
2008年　―財団法人　姫路市文化振興財団助成事業として―
影書房にて「やさしい人」神戸新聞読者文芸入選作品集出版
2010年　―財団法人　姫路市文化振興財団助成事業として―
講談社出版サービスセンターにて「続　ふるさとの城は」出版

K先生《せんせい》への手紙《てがみ》
二〇一八年六月三日発行
著　者　福本信子
発行者　涸沢純平
発行所　株式会社編集工房ノア
〒五三一―〇〇七一
大阪市北区中津三―一七―五
電話〇六（六三七三）三六四一
FAX〇六（六三七三）三六四二
振替〇〇九四〇―七―三〇六四五七
組版　株式会社四国写研
印刷製本　亜細亜印刷株式会社

ISBN978-4-89271-291-3

## 雷の子

島　京子

古代の女王の生まれ代わりか、異端の女優の奔放な生と性を描く表題作。独得の人間観察と描写。名篇「母子幻想」「渇不飲盗泉水」収載。　二二〇〇円

## 書いたものは残る

島　京子

**忘れ得ぬ人々**　富士正晴、島尾敏雄、高橋和巳、山田稔、VIKINGの仲間達。随筆教室の英《はな》ちゃん。忘れ得ぬ日々を書き残す精神の形見。　二〇〇〇円

## 木曽秋色

島　京子

子供の頃から狎れ親しんだ姉妹の姉の不慮の死、喪失を旅する表題作。叔母の口舌と姪の献身の行方。樋口一葉24歳生涯の遠景、近景、三編。一九〇〇円

## かわいい兎とマルグレーテ

島　京子

ドイツ人妻マルグレーテの宝物とは。日本暮らし35年、ロバートのこだわり。混血児エミ子の気魄と彷徨。異邦人をめぐる歳月の肖像三話。　一六〇〇円

## 竹林童子失せにけり

島　京子

竹林童子とは、富士正晴。身近な女性作家が、昭和二十五年の出会いから晩年まで、富士の存在と文学、魅力を捉える。　一八二五円

## 神戸暮らし

島　京子

町が変わる。食物がおかされている。神戸の食べものあずかりの食と暮らし、旅、四季の縦横。文章の達人、生活の達人のエッセイ集。　一九〇〇円

表示は本体価格

ディアボロの歌　小島　輝正

〔ノア叢書1〕アラゴン・シュルレアリスムやサルトルの研究家として知られた著者の来し方を軽妙洒脱に綴る等身大のエッセイ集。　一九〇〇円

始めから　そこにいる人々　小島　輝正

べ平連、平和運動の原点から、同人雑誌、アラゴン、サルトルまで、個の視点、無名性の誠心で貫かれた昏迷の時代への形見。未刊行エッセイ。一八〇〇円

告白の海　柏木　薫

砂のようにくずれさる愛か。性を超えた純粋愛か。愛している。ためらわずに言った。同性愛の苦悩を告白する。愛の風景。愛の哀しみ。　二〇〇〇円

その日の久坂葉子　柏木　薫

伝説の作家久坂葉子の最後の日。「太宰治と私」石上玄一郎先生の思い出。小豆島の四季。戦争の時代の惨禍。青春の愛と哀。鎮魂の譜。　二〇〇〇円

麦わら帽子　森　榮枝

生き死に血縁関係とか逃れようのないことに悠揚として迫らぬおおらかな距離感。戦中戦後を生きてきた死生感(湯本香樹実氏評「読売新聞」)。二〇〇〇円

亜那鳥さん　森　榮枝

中央アジア・サマルカンドで家族同士の交歓。スコットランドの古城めぐり、ドイツの東西時代、ソ連崩壊直後のロシア、時の流れを旅する。二〇〇〇円

東奔西走　石井　亮一

「子どもは天才」という言葉はここに生きていた。かつての腕白大将の躍動する気魄と知恵は、後年の労働運動に結実する（島京子氏評）。　一六〇〇円

飴色の窓　野元　正

**第3回神戸エルマール文学賞**　中年男人生の惑い。アメリカ国境青年の旅。未婚の母と娘。震災で娘を亡くした女性の葛藤。さまざまな彷徨。　二〇〇〇円

くぐってもいいですか　舟生　芳美

**第11回神戸ナビール文学賞**　あたしのうち壊れそうなんです。少女の祈りと二十歳の倦怠。天賦の感性と観察で描き出す独特の作品世界。　一九〇〇円

また会える、きっと　西出　郁代

アメリカでの教師、学生、母親三役。長年国際交流、留学生教育に携わる。戦争で父を失い、富山で育つ。時空を超え、心の暦に記す人々。　二〇〇〇円

幸せな群島　竹内　和夫

**同人雑誌五十年**――青春のガリ版雑誌からVIKING同人、長年の新聞同人誌評担当など五十年の同人雑誌人生の時代と仲間史。　二三〇〇円

桜は今年も咲いた　駒井　妙子

早くに母を亡くした孫娘を育てる祖母の心境。震災後、今年も咲いた四つ辻の桜と、遠い日の心の底に沈み込んだ記憶。短篇8篇収録。　二〇〇〇円